D1665822

Karl Otto Mühl
Trumpeners Irrtum

# Karl Otto Mühl
# Trumpeners Irrtum
*Roman*

Luchterhand

Lektorat: Klaus Roehler
Umschlag von Kalle Giese
Ausstattung von Martin Faust

© 1981 by Hermann Luchterhand Verlag GmbH,
Darmstadt und Neuwied
Gesamtherstellung bei der
Druck- und Verlags-Gesellschaft mbH, Darmstadt
ISBN 3-472-86528-8

TRUMPENER rasierte sich im Büro. Das Gesicht verzogen, mit versetztem Kinn, führte er den Elektrorasierer über die Wangen, gründlich trotz aller Ungeduld. Er fühlte dabei, wie fest er im Sattel des Lebens saß, ganz im Gegensatz zu Haberkorn, dem Chef. In einigen Tagen würde alles anders sein, weil es dann Haberkorn nicht mehr geben würde.

Georg Trumpener fürchtete aber nichts für sich. Auf irgendeine Weise würde es ihm immer gut gehen – bloß: die Art, mit der ihn das Leben bisher verwöhnt hatte, war ihm vertraut, die zukünftige Verwöhnung noch nicht.

Trumpener zog seinen schwarzen Trenchcoat an und setzte den flauschig-grauen Jägerhut auf, an dem ein Wappen blinkte; dann stieg er draußen auf dem Parkplatz in seinen Renault und ließ die Hansa McBrinn auf ihrem Aschenplatz zwischen schimmernden Wasserlachen zurück. Über die Behelfsstraße des Industriegeländes fuhr er zur Hauptstraße, kaufte Blumen und fuhr weiter ins Krankenhaus zu Haberkorn.

Trumpener war seit fast zwölf Jahren bei Hansa McBrinn. Er hatte als Sachbearbeiter in der Betriebsabrechnung angefangen, war Haberkorn bald aufgefallen und mit besonderen Aufgaben betraut worden. Aus diesen vielen Aufgaben – Bevorratung, innerbetrieblicher Transport, schließlich die elektronische Datenverarbeitung – war eine Abteilung entstanden, und eines Tages hatte Haberkorn gesagt: »Ich wollte Ihnen gratulieren, Herr Trumpener. Ab heute sind Sie Abteilungsleiter.«

Obwohl er nur einer von fünf Abteilungsleitern war, unterschied sich Trumpener von den anderen doch sehr. Er hatte keinen Grund, sich diese Unterschiede deutlich zu machen, er war ja nicht eitel oder überheblich; es genügte, daß er mit einem Seitenblick die Unterschiede feststellen konnte. Kaspar zum Beispiel lebte nur für seine Ehepaar-tanzkurse, er war begrenzt, sicher auch gutmütig, aber verglichen mit Trumpener doch mit dem schmerzlichen Makel einer geringeren Wertigkeit behaftet. Das Gleiche galt für Klamp, der die Konstruktion leitete. Er trat aggressiv und zugleich unterwürfig auf, es war fast etwas wie Potenz, was ihm fehlte, sein Körper war im Vergleich zu Trumpener weniger anziehend, dem grämlichen Gesicht fehlte das Blitzen und Leuchten, das Trumpener im eigenen Gesicht ahnte. Und die anderen alle, Kragel, Knecht, Döring, Etzel, Mathes, Männich, Merz, Bergmann, sie alle standen auch ein wenig im Abseits, nicht in dem Mittelpunkt, in dem sich Trumpener fühlte. Sie waren gutwillig, bemüht, mit ihrer bescheidenen Bedeutung zufrieden und schienen gottlob zu übersehen, daß sie auf eine aussichtslose, farblose, arthritische Zukunft zugingen, die sich an der Seite ihrer matronenhaften Frauen auf einer Parkbank in Bad Kissingen dem Ende zuneigen würde. Trumpener dagegen fühlte, daß sich ihm etwas zuwandte, wenn er die Firma betrat. Anders wäre das Leben für ihn auch kaum zu ertragen gewesen.

Das Programm von Hansa McBrinn war groß und kompliziert. Es reichte von Baumaschinen bis zu Betonmisch- und Steinzerkleinerungsanlagen, sogenannten Backenbrechern. Nur wer lange genug in der Firma war, wußte, daß der Typenreihe C 31 vor fünfzehn Jahren L 5 vorausgegangen war oder wann die Elektromotoren mit Kupplung durch Bremsmotoren ersetzt worden waren oder wie die Kalkulation für ein Vierzigtonnensilo aussah oder wo es heute noch Ersatzteile für die Straßenbaumaschinen gab, die Hansa McBrinn früher von United Constructions bezogen hatte. Trumpener wußte über alles Bescheid.

Zwischen Ulrich Haberkorn und Trumpener bestand, obwohl Haberkorn ja der Chef und zwanzig Jahre älter war, ein Verhältnis besonderer Zartheit. Trumpener hatte es sich teils durch auffallende Bescheidenheit – auch einer seiner liebenswerten Charakterzüge – verdient, teilweise mußte es daher rühren, daß Haberkorn und Trumpener sich halbbewußt als besonders wertvolle Persönlichkeiten erkannt hatten, als sensibel, feiner als die anderen Grobschlächtigen und trotzdem stark genug, um im mörderischen Kampf der Wirtschaft zu bestehen. Deshalb wäre nicht denkbar gewesen, daß beide knapp, ernsthaft, formal miteinander gesprochen hätten. Wenn sie sich gegenübersaßen, ging es nicht nur darum, Informationen auszutauschen und Anweisungen zu erteilen oder zu erhalten. Es blieb noch ein Rest, ein Wunsch auf beiden Seiten, etwas zu tun oder zu geben, für das das rechte Medium fehlte. Lächeln war die einzige, trotzdem noch unzureichende Möglichkeit. Wenn Trumpener Haberkorns Zimmer verließ, lächelte er bekräftigend und nickte ruckartig mit dem Kopf, und Haberkorn antwortete mit einem ähnlichen Nicken, dessen Tempo zunahm bis zu einem Punkt, an dem es in wilder, herzhafter Zugewandtheit erstarrte.

Rundheraus gesagt, Trumpener war diese heftige Freundlichkeit manchmal unheimlich. Andererseits war dank seiner ruhigen Art bisher alles so gelaufen, wie er es sich vorgestellt hatte.

Dieselbe ruhige Art hielt er sich auch in seiner Ehe zugute. Es gab nicht jene häßlichen und beunruhigenden Dinge, die es in so vielen Ehen gibt, nichts von dem, was andere zermürbt: einander ängstigen, herabsetzen, bedrohen, belästigen, ausnutzen, besitzen, beherrschen oder gar ungepflegt und unaufmerksam sein. Trumpener hatte immer die Vorstellung gescheut, daß er eines Tages mit jemandem verheiratet sein würde, der etwas von ihm erwartete. Das Problem hatte sich dadurch erledigt, daß Hildegard ihre Erwartungen nicht aussprach. Trumpener spürte sie, und das genügte. Hildegard selbst erfüllte alle Erwartungen. Es gab keine anderen Männer, es gab keine klebrigen alten Liebschaften, es gab keine Mängel und Lücken in ihren Fähigkeiten.

7

Trumpener stellte seinen Wagen auf dem Parkplatz neben dem Krankenhaus ab und suchte in den Fluren, auf denen widerliche, elfenbeinfarbige, fahrbare Liegen herumstanden, nach dem Zimmer Haberkorns. An seinem Bett waren seine Schwester und seine Tante versammelt, eine lächelnde Gruppe, die sich Trumpener zuwandte. Er erzählte, was es Neues in seiner Abteilung gab: Endlich sei man so weit, daß Ausstoß und Kosten, auf die einzelnen Maschinen bezogen, in der Datenverarbeitung erfaßt würden, eine Aufgabe, an der sich Organisationsmenschen in dieser Firma seit zehn Jahren die Zähne ausgebissen hätten. Haberkorn freute sich. Er wirkte wie ein Mensch, der bald in Ferien gehen wird oder – denn Haberkorn konnte auch mit Kunden um Preise feilschen – wie ein Autohändler, der krank ist und plötzlich seine Familie mehr als vorher liebt und nicht versteht, daß er früher seine Zeit mit zweifelhaften Geschäften und dem Zurückdrehen von Tachometern in Gebrauchtwagen verbringen konnte. Haberkorn war also zum Sterben bestimmt. Trumpener erinnerte sich an das Sterben seiner Tante Margret, an das feierliche und entrückte Sichversammeln der Verwandten am Krankenbett wie auf einem wilden Felsvorsprung über der Ebene, an ein krankhaft-rosig glühendes Gesicht über dem Krankenhemd: Gebärden, Gesten, Blicke, Zurücksinken, schwächliches Zum-Abschied-Winken. Das war es, was in der Erinnerung blieb. Trumpener war verwirrt. Es war ungewohnt, den Chef so lieb, folgsam und erbarmungswürdig zu sehen. Selbstverständlich war es auch unstatthaft, und das, was Trumpener jetzt tat, war ihm sogar etwas peinlich. Er legte eine Hand auf die verschränkten Hände Haberkorns auf der Bettdecke und streichelte sie ein wenig. Haberkorn blickte Trumpener lange, wach und voll stiller, freundlicher Überraschung an. Dann kamen der Händedruck zum Abschied, die üblichen gegenseitigen Ermunterungen. Erst hinter der Tür erlaubte sich Trumpener Tränen.

Während er abwärts stieg, bemerkte er in einem der Flure eine junge Frau. Sie saß auf einem Stuhl neben dem Wandtelefon, wippte mit den Fußspitzen, klopfte Asche von der Zigarette, zerrte einen hellblauen Bademantel über ihrem Schwangerschaftsbauch zusammen. Trumpener fand, daß sie, doch genug behindert, nicht so dasitzen mußte. Außerdem hatte sie blaugeschminkte Augenlider. Georg Trumpener ging rasch weiter. Er fühlte, daß er nicht das dachte, was er in dieser Situation von sich erwartete. Er begann rasch zu denken: eine werdende Mutter. Daran muß man festhalten.

ZUNÄCHST ging Trumpener in eine Kneipe gegenüber dem Krankenhaus. Allein an einem Tisch in dämmriger Ecke, bei serbischer Bohnensuppe und Hannen-Alt gönnte er sich eine Art vorgezogener Belohnung. So, wie er sich eine Pfeife stopfte, wenn er schnaufend die Schlußseite für ein Programm fertiggestellt hatte, so gönnte er sich jetzt das Ausruhen vor einer neuen Anstrengung, der Heimkehr zu Hildegard. Trumpener freilich würde sagen, daß er manchmal einfach ein paar Minuten für sich selbst, zum Denken also, brauche.

Durch die offene Kneipentür sah er, daß sich der Himmel blauschwarz bezogen hatte. Ein plötzlicher Sturm stürzte heran und zerrte an den Linden am Straßenrand und an dem braunen Türvorhang mit Plastikrand.

Eigentlich hatte es Trumpener eilig, heimzukommen. Er fühlte aber eine Art Übereifer in sich, den er wie immer bremsen zu müssen glaubte. Eine ähnliche Scheu spürte er, wenn er morgens ins Büro fuhr. Gleich, so dachte er dann, gleich werde er sich selbst nicht mehr besitzen. Dieses Gefühl fürchtete er außerordentlich.

Das Gewitter brach los. Trumpener genoß es, durch Naturgewalten all des Ungeklärten, das in ihm bohrte, enthoben zu sein. Er zahlte und ging durch den Regen zum Parkplatz.

Vielleicht sollte er öfters und liebevoller an Hildegard denken. Wie oft auch kamen junge Leute unerwartet ums Leben, durch Leukämie zum Beispiel. In diesem Zusammenhang fiel ihm sein Vater ein. Trumpener wollte da jetzt endlich den richtigen Ton finden: gut gelaunt, leichter, unbefangener.

GEORG TRUMPENERS WOHNUNG in Essen-Stadtwald, Amsel-straße 12, war anzusehen, daß eine neue Zeit angefangen hatte, eine, die kräftiger gewürzt war als vergangene Zeiten, eine, in der man es einfach durch das richtige Mobiliar und die richtigen Dekorationen vermeiden konnte, im Kleinbürgermief zu ersticken.

So nämlich sind Trumpeners eingerichtet: im Flur, und der war schon mal größer als in einer Durchschnittswohnung, stand eine Garderobe mit riesigen, pilzartigen Aufhänge-knöpfen für die Kleider, und hier an den Wänden und im Wohnzimmer hingen Bücherbretter; auf geneigten, noten-pultartigen Brettern lagen Hildegards Klavier- und Violin-übungshefte. Weiter gab es eine Gesamtausgabe von Tho-mas Mann und eine von Sigmund Freud, aber auch einen praktischen Ratgeber für die Gesundheit, ein Kneippbuch, die »Stahlgewitter« von Jünger (ein Geschenk von Hilde-gards Vater neben »Volk ohne Raum« von Grimm), dazu Bildbändchen von Bele Bachem, dann Esther Vilar. Das meiste hatte Hildegard ausgesucht. Weiß der Teufel, wo-her sie in den paar Jahren, die sie gerade auf der Welt war, so viele Informationen über Bücher bekommen hatte, obwohl sie wie Trumpener nicht viel las. Sie redete auch nie über die Themen, die sie in den Büchern vorfand; Hildegard behandelte Intellektuelles mit einer Art von Diskretion. Der Grund dafür lag in ihrer heimlichen Überzeugung, daß Intellektuelle sich leicht wichtig ma-chen. Sie hätte jederzeit mit Stolz berichtet, daß sie von Irish Coffee betrunken geworden sei; daß sie sich in einem Buch der Kübler-Roß über die Chancen für ein Fortleben nach dem Tode informiert hatte, davon hätte sie kaum gesprochen.

Hildegards Vater war Eisenwarenhändler gewesen. Ihre Schulbildung war Realschule, ihr Berufsziel unklar gewe-sen; sie hatte einfach eine kaufmännische Lehre bei Krupp gemacht und war dort geblieben.

Weiter war Trumpeners Wohnung angefüllt mit Polstern, Stahlsesseln, Baumwollteppichen, Bildern, Grafiken, Lampen-Batterien, Gläsern, Sideboards, Blumenvasen: lauter Dinge, die beim Anschaffen Freude gemacht hatten und nach ein paar Tagen vergessen worden waren. Nur beim Vorzeigen verschafften sie noch einmal so ein bißchen laue Freude.

Eigentlich war es Trumpener recht, daß Hildegard wie jeden Mittwoch um diese Zeit mit Kolleginnen noch im Café Morgenroth saß. Er legte seinen Jägerhut auf die Hutablage im Flur, stellte den Heißwassererhitzer an, ergriff mit fließenden Bewegungen und Schritten die Tageszeitung, legte sie Hildegard auf den Tisch im Wohnzimmer, zog sein Oberhemd aus, trug es zur Wäschetruhe, holte aus dem Schrank im Schlafzimmer das Hemd für den nächsten Tag und einen frischen Schlafanzug, den er hinüber aufs geblümte Doppelbett schweben ließ. Dann lief Trumpener in Turnhemd und Turnhose durch die Wohnung und riß die Knie im Takt hoch, die Brusthaare schwarz über dem Hemdsaum; das blendende Weiß der Hose dämpfte die Tierhaftigkeit der Kräuselhaare auf den Oberschenkeln. Später wird Trumpener einen Kamillentee trinken und eine Scheibe Vollkornbrot essen. Er hatte lange genug, schon als Vierzehnjähriger, Magen- und Darmstörungen gehabt. Noch vor elf wird er sich ins Bett legen, warm und kalt geduscht. Er wird bei offenem Fenster schlafen. Er wird am Morgen um sieben Uhr im Stadtbad sein.

Es sind diese und andere Maßnahmen, die Trumpeners Überlegenheit garantieren. Während andere dauernd altern, ihr Verfall unaufhaltsam ist, wird er jünger – nicht objektiv, das natürlich nicht, aber in Millimeterschritten sozusagen doch. Heute fühlte er sich leichter als gestern, weil er gestern überhaupt nicht getrunken hatte und früh zu Bett gegangen war. Morgen wird hinzukommen, daß er heute nach dem kalten Duschen sich mit der Bürste massiert hat.

Nicht daß Trumpener wie ein Hypochonder gelebt hätte. Das ganze Ritual abends war in fünfundzwanzig Minuten abgetan. Aber diese fünfundzwanzig Minuten gaben so viel Sicherheit und Gesundheit, den Beweis der Selbstdisziplin, die Überlegenheit über die Süchtigen, Kraftlosen, die Aussicht auf ein gesundes Alter – und das alles in Bildern: Trumpener sitzt an einem markigen Holztisch als alter Mann, und eine weizenblonde Kellnerin reicht ihm ein Glas Milch.

Vor dem Spiegel im Flur blieb Trumpener stehen und betrachtete seinen Hals. Die Sehnen stiegen nicht einfach von den Schultern auf, sie standen wie schlanke Säulen in einer Landschaft aus sonnenbraunem Körper, Safari-Jeep, Wüste, männlichem Schweiß, auch die gelehrten Araber mit ihrer Mathematik und Sternenkunst waren nicht fern; ihre Augenbrauen wölbten sich wie ihre Torbögen über diamantenem Blau, über den Augen also und über dem Rätsel der Zahlen. Von dort führte ein direkter Weg zur Kunst des Programmierens.

Aufatmend und erfrischt konnte sich Trumpener die erste Pfeife anzünden. Fast anderthalb Stunden hatte er nicht geraucht. Er war fast glücklich. Er setzte sich auf ein Sitzpolster und studierte die neuen Beitragssätze im Mitteilungsheft der Deutschen Angestelltenkrankenkasse.

Plötzlich fiel ihm ein, daß seine Sicherung in der Welt gefährdet war. Sie hing von der Gesundheit Hildegards ab. Wenn sie morgen mit ihrem R 4 gegen einen Alleebaum fuhr, war er ein einsamer junger Mann in einer weißen Rauhfaserwohnung. Er hatte ja wenig Freunde, von den Verwandten hielt er Abstand. Das hing damit zusammen, daß Trumpener es zu etwas gebracht hatte. Seine Leute, also sein Vater, dessen neue Frau, Onkel, Tanten, weitläufige Anverwandte, Schiffsköche, Rentnerinnen: alle waren weit weg in Süddeutschland und dachten wohl nur mit Mißtrauen, Eifersucht und Neid an ihn.

Trumpener saß in seiner Wohnung wie jemand, der eine Dienstzeit absitzen muß.

HILDEGARD kam nach Hause umgeben von Atemlosigkeit, Düften, liebenswürdiger Bestürzung über die vorgeschrittene Zeit. Sie eilte von der Garderobe ins Bad und dann in die Küche.

»Willst du Ravioli, Schorsch?«

»Klar. Warte, ich helfe dir.«

Es dampfte in der Küche, die Ravioli tanzten im kochenden Wasser. Sowohl Hildegard als auch Trumpener hatten bunte Mini-Küchenschürzen an, und bald saßen sie sich am Küchentisch gegenüber und schlürften Chianti aus weiten Gläsern.

»Ilse Heintzemann hört auf, die aus der Werbeabteilung. Sie kriegt ein Kind. Hat nie was davon gesagt! Siebenunddreißig ist sie.«

»Ach«, sagte Trumpener. »Ich glaube, sie war mal an deinem Geburtstag hier. So, siebenunddreißig.«

Er warf einen kurzen, prüfenden Blick auf Hildegard. Was dachte sie? Kinder?

Ein stärkeres Maß an Gemeinsamkeit entstand, wenn sich Hildegard und Trumpener über die passende Kleidung für Trumpener unterhielten. Dann kamen sie rasch zum Einverständnis oder sagten sich furchtlos abweichende Meinungen: wie immer das Gespräch verlief, es hinterließ bei beiden ein Gefühl großer Aufrichtigkeit. Jawohl, anthrazit war die richtige Farbe für eine Hose zu seiner Jacke.

Solche gelegentliche Gemeinsamkeit war wichtig. Gewöhnlich nämlich war Hildegard schüchtern und äußerte sich eher zu Vorschlägen, als daß sie selbst welche machte. Oft schien sie mutlos zu sein. Sie sagte zum Beispiel, in der Firma könne man als Frau nichts werden, zumal dann, wenn man als Frau eben wie eine Frau erzogen worden sei. Trumpener machte diesen Übelstand zunichte, indem er antwortete, ihm sei es egal, ob Hildegard Erfolg habe oder nicht. Und dann, wenn er das sagen dürfe, ohne sie zu verletzen: sie neige ja auch dazu, um sich herum immer ein wenig Ursache für Unzufriedenheit zu entdecken, Ursachen, die andere gar nicht bemerkten, weil sie aktiver, zupackender seien. Er Trumpener, habe das auch erst einmal lernen müssen.

Und was machte Hildegard jetzt? Sie kam und kam nicht aus dem Schlafzimmer. Trumpener ging nachsehen; da stand sie am Fenster und schaute hinaus. Als sie ihn kommen hörte, nahm sie hastig Wäschestücke auf und legte sie in den Schrank. In ihren Augenwinkeln glitzerte es. Trumpeners Herz weichte auf: Mädchen mußten sich verstecken, um traurig sein zu dürfen.

Jetzt solle sie sich aber mit rübersetzen. Mal so richtig gemütlich. »Kommst du?«

»Ja, ja.«

Sie solle doch einmal erzählen, was sie fühle. Gehe es ihr schlecht? Oder habe sie das Gefühl, nichts ändern zu können?

»Nichts, nichts von alledem«, sagte Hildegard. Sie habe einfach Kopfschmerzen.

Vielleicht gehe ihr die Fragerei auf die Nerven? Aber sie verhalte sich doch so, daß jeder sie fragen müsse. Oder nicht?

Trumpener war ratlos. Trotzdem spürte er Rührung über sich, weil er so geduldig, weil er so ganz für Hildegard da war, so ganz auf die Rolle des Überlegenen verzichtete. Schließlich konnte er sich ja auch wünschen, abends einmal nicht im Dienst zu sein, nicht andauernd nach Hildegards Unzufriedenheit fragen zu müssen und statt dessen vielleicht wie vor Jahren mittags mit dem Zug in Detmold anzukommen, und eine Frau im roten Hausanzug öffnet die Tür, Susanne, Importeurin von Südweinen. Sie schlingt die Arme um seinen Nacken – kurz und gut, für einen Augenblick fragte sich Trumpener, ob er sein

16

ganzes Leben lang so wach, so angespannt sein müsse. Es
war wohl die Arbeit der Liebe. Hildegard hatte Glück, daß
sie ihn gefunden hatte.

Trotzdem hätte Trumpener auf die Frage, wie er seine
Abende verbringe, nicht etwa geantwortet: Ich beobachte
meine Frau und mich. Oder: Ich finde die Ehe anstrengend. Hier ist lediglich zusammengefaßt, was er empfindet, nicht etwa das, was er darüber denkt. Trumpener
würde also antworten: Hildegard ist erst seit ein paar
Jahren dabei, ein selbstbewußter Mensch zu werden. Sie
verdankt es mir, der so auf sie eingeht.

Seine Hinweise gab Trumpener meist in einem knurren-
den, natürlich ganz unbefangenen Ton. Es war ja auch ein
Stück Arbeit, Hildegard dauernd im Auge zu behalten,
und manchmal schien es tatsächlich so, als sei ihr das alles
lästig, als versuche sie, Trumpeners wachsamen und be-
mühten Blick zu vermeiden.

Später am Abend kam Trumpener endlich dazu, sich in
»mot« über die Vor- und Nachteile des Einspritzmotors
zu informieren. Er steckte seine Meerschaumpfeife zwischen die Zähne. Er war ein Mensch, der sich ein ergänzen-
des, qualmendes Organ erschaffen hatte. Hildegard kam
mit ihrem Häkelzeug dazu, stellte ein Gläschen Cointreau
vor sich auf den Tisch und häkelte mit gesenktem Kopf,
ernsthaft und stumm, so, als habe sie sich erst hergetraut,
seit die Polypenarme Trumpeners nicht mehr mit kurzen,
ruckartigen Umarmungen drohten, sondern schlaff auf der
Sessellehne lagen. Das Paar war vereint. Etwas Besseres
hatte das Leben nicht zu bieten.

Hildegard fragte, wie es Haberkorn gehe, dem armen Kerl.
Wer würde denn wohl nach ihm kommen?

»Keine Ahnung«, antwortete Trumpener. Wenn jemand
dichthalte, dann sei es der Aufsichtsrat. Aber ihm sei das
egal. Die Leute vom Verkauf seien ständig um gut Wetter

bei der Firmenspitze bemüht, nicht so er, Trumpener. Ihm gehe es um Zahlen, Programme, Systeme. Die stimmten oder stimmten nicht.

Früher hatte Trumpener nicht heiraten wollen. Nun, da er schon einige Jahre verheiratet war, hätte er sagen können, daß alle seine Befürchtungen eigentlich nicht eingetroffen waren. Im Gegenteil, er war überrascht gewesen, festzustellen, welche Bedeutung plötzlich einem Manne zufiel, der geheiratet hatte. Vorher war er nie auf den Gedanken gekommen, daß jemand ihn nicht ernst nahm, weil er Junggeselle war – und doch mußte es so gewesen sein. Der Händedruck, der Blick der gestandenen Männer, die Fragen nach seiner Frau, seiner Wohnung: alles kam mit einer solchen Hochschätzung, daß das Vorausgegangene nur Geringschätzung gewesen sein konnte.

Nur eines mißfiel Trumpener an der Ehe. Das war das Sitzen oder vielmehr das Sitzen-Müssen. Er war gerne verheiratet im Stehen, Liegen und Gehen, selbst im Schwimmen und Laufen, nur nicht im Sitzen.

Hildegard häkelte, Trumpener las. Wäre einer von beiden aufgestanden und aus dem Zimmer gegangen, der andere wäre ihm bald gefolgt, um zu sehen, wo er steckte. Hätte einer von beiden gegen das Sitzen aufbegehrt, wäre er zum Beispiel in den Wald gelaufen, hätte sich der andere verpflichtet gefühlt, ihn zu begleiten, obwohl er vielleicht doch lieber sitzengeblieben wäre. Denn Sitzen war gemütlich. Alle Leute versicherten sich regelmäßig, sie warteten schon lange auf die Gelegenheit, wieder einmal gemütlich zusammenzusitzen.

Trumpener fürchtete, aus dem Sitzenmüssen nie mehr entlassen zu werden. Die Furcht lag ihm wie ein Eisstück im Magen. Er stellte sich vor, wie er mit hochgeschlagenem Mantelkragen allein durch die Nacht ging. Es war aber nur die Silhouette eines Mannes, die er sah.

ALS TRUMPENER Hildegard im Flur telefonieren hörte, bemühte er sich, nichts zu verstehen. Daß sie mit ihrer Mutter telefonierte, war klar. Aber was es war und worum es ging, das wollte er nicht wissen.

Diese Diskretion übt Trumpener auch in anderen Zusammenhängen, selbst dann, wenn er keine persönliche Rücksicht nehmen muß. Einige Beispiele seien genannt. Sadat trifft Begin zu Friedensgesprächen. Trumpener ist erleichtert. Am nächsten Tag berichten die Zeitungen von einer Auseinandersetzung Sadats mit anderen arabischen Führern. Da liest Trumpener nur die Schlagzeile. Mehr will er nicht wissen. Rasch geht er auch an Toiletten vorbei, aus denen das läutende Geräusch eines ins Becken schießenden Strahles dringt. Und blitzartig trennt sich Trumpener von Gesprächsgruppen, in denen etwas über die Gehälter der Kollegen gemutmaßt wird. Es muß sich bei Trumpener um eine Diskretion handeln, die auch seine eigenen Gefühle betrifft.

Hildegards Stimme im Flur klang gleichmäßig. Manchmal kicherte sie gepreßt, manchmal klang ihr Lachen etwas hohl: egal, was dahinter steckte, sie schien mit ihrem Lachen wie mit etwas Gefährlichem umzugehen. Trotzdem sprach sie sehr vertraut mit ihrer Mutter. Nichts von Widerspruch oder Ablehnung war aus ihren Worten herauszuhören; alles klang einfach lieb.

Soviel über Hildegard an diesem Abend. Trumpener sagte ihr noch, daß er am nächsten Morgen kurz beim Arzt vorbeimüsse, daß er Haberkorn im Krankenhaus besuchen werde. Beim Arzt wolle er sich nur etwas für den nervösen Magen verschreiben lassen. Außerdem zeichne sich ein Datenverarbeitungslehrgang ab. Er werde bald für einige Tage weg müssen, so eine knappe Woche. Hildegard nickte ergeben. Dann schellte das Telefon wieder. Zuerst dachte Trumpener, es sei noch einmal Hildegards Mutter. Sie hatte ja zurückrufen und Hildegard sagen wollen, ob die billigen gelben Regenstiefel noch im Keller ständen. Hildegard hatte um einen Gefallen gebeten und eine Gefälligkeit angenommen. Trumpener merkte, daß es ihn befremdete. Es paßte nicht zu Hildegards Wunschlosigkeit.

Am Telefon war aber Anni, die zweite Frau seines Vaters, neu seit zehn Jahren. Trumpener antwortete eifrig und zuvorkommend. Anni sollte nicht denken, sie werde als jemand angesehen, der sich abmühen muß, vom Sohn und der übrigen Verwandtschaft anerkannt zu werden, als jemand also, von dem tadelloses, unterwürfiges Verhalten zu verlangen ist. Auf den Gedanken sollte Anni ja nicht kommen.

»Was ist mit Vater?« fragte Trumpener. »Was Ernstes?« Nein, so schlimm sei es nun wieder auch nicht. Erst habe es ja böse ausgesehen, weil er durch die Bronchitis immer schwächer geworden sei. Der Arzt habe sogar gemeint, es sei etwas mit dem Herzen. Jetzt huste Vater schon etwas weniger, aber er sei immer noch schwach. Sie, Anni, habe einfach angerufen, damit Schorsch Bescheid wisse. Es gehöre sich ja, daß sie ihm sage, wenn etwas ist. Und er sei ja schon lange nicht mehr dagewesen. Vielleicht besuche er seinen Vater doch einmal?

»In zwei Wochen komme ich sowieso nach München«, sagte Trumpener. »Das ist ja nur ein Katzensprung bis Schongau. Da besuche ich euch.«

Natürlich mußte er seinen Vater besuchen. Es gehörte ja gerade zum Erwachsensein, daß dann nicht mehr zählte, ob die Eltern früher kratzbürstig oder schwierig gewesen waren oder ob sein Vater die Mutter nie so behandelt hatte, wie Trumpener es sich immer wünschte.

Barfüßig durch den Wald: das fiel Trumpener plötzlich ein. Seine Mutter war als kleines Mädchen barfüßig durch den Wald gelaufen und hatte Holz gesammelt. Und dann, kaum erwachsen, war sie an Johann Trumpener geraten:

dunkelbraunes Haar, und die Zähne blitzten wie bei einem Verführer. Trumpener sah das gebräunte Gesicht seines Vaters, des Abfahrtsläufers, des Vereinstänzers vor sich. An den war sie geraten, die arme Mutter. Selten hatte Trumpener sie etwas Böses sagen hören, selten einen Vorwurf. Sie war immer eingeschüchtert, verstummt, leidend gewesen, und er, der Junge, wollte was oder brauchte was, dem Jungen durfte man dies oder das nicht antun, und da oder deshalb mußte man ihn doch loben. Klagende Informationen dieser Art gab Trumpeners Mutter so an Vater Johann weiter. Es war überhaupt der Weg, auf dem Trumpener seinen Vater erreichte oder, genauer ausgedrückt, auf dem er sich zu ihm befand. Denn Trumpener war nie bei seinem Vater angekommen. Er hatte auf diesem Wege längst eingehalten, als die Mutter starb, als Trumpener schon in Essen in die Lehre ging. Er weiß bis heute noch nicht, was sein Vater gegen ihn hat. Er ist sich halt selbst nicht grün, dachte Trumpener.

Für einen Augenblick tat ihm sein Vater leid. Trumpener hatte immer gewußt, daß es ihm leid tun würde, wenn sein Vater eines Tages krank und hilflos wäre. Er nahm mit dieser Vorstellung gewissermaßen eine innere Wandlung vorweg: ein struppiger, bayrisch-griechischer Held nähert sich einem gefällten Feind, der mit furchtsam-haßerfülltem Blick vom Boden heraufstarrt. Der Held sticht aber nicht zu. Er kniet auch nicht bei dem Gefallenen nieder. Der Held wendet sich knurrend zur Seite und stößt zwischen den zusammengebissenen Zähnen hervor: »Arme Sau.«

Dann kommen dem Helden doch die Tränen der Reue. Trumpener hatte nie aufgehört, seinen Vater zu hassen, obwohl er wußte, daß es eigentlich kein Haß war, sondern Mitleid mit seiner Mutter, und leid tat es ihm um einen Vater, der häßliche Eigenschaften hatte. Es war eben der Gegensatz zwischen dem gütig menschlichen Charakter von Trumpener und dem doch nun wirklich schäbigen Verhalten seines Vaters. Das schmerzte.

Schwer zu sagen war, warum die Eltern sich dauernd gestritten hatten. Die Anlässe waren so unwichtig, daß die Streitereien leicht zu vermeiden gewesen wären, wenn der Vater nur auf Trumpeners Hinweise gehört hätte. Schon mit zehn Jahren hatte Trumpener angefangen, seinem Vater diese Hinweise zu geben. Mit diesem Manne war aber kein Auskommen. Außerdem fand sich in Schongau keine Lehrstelle für Trumpener. Das war noch ein Grund mehr, zu Tante Margret nach Essen zu ziehen. Dort gab es Lehrstellen genug.

Mit sich nahm Trumpener alle die guten Eigenschaften, die er von seiner Mutter hatte: das fröhliche, leise Glucksen der Seele, wenn er etwas Gutes tat und etwas Böses ließ, die stille Freude, wenn er überraschend Geschenke oder Trost spendete, das bedeutende und doch bescheidene Schweigen, wenn andere sich in Diskussionen ereiferten, den ganzen Unwillen, sich aufregen oder verletzen zu lassen.

Ganz anders war sein Vater. In der Wohnküche damals glänzte zwei Jahre lang ein Fettfleck an der Wand: der Vater hatte einen Teller samt Schweinebraten und Klößen an die Wand geschleudert, die Mutter hatte aufgeschrien, der Vater war zischend hinausgegangen und hatte »Mistviech« gesagt.

Das alles regt Trumpener heute nicht mehr auf. Rasch wandte er sich einem seiner liebsten Spiele zu, dem Spiel mit den Trumpenerschen Gebilden.

Er hätte sie nicht beschreiben können. Er hätte gebrummt, daß man dazu eben etwas vom Programmieren verstehen müsse. Seine Gebilde waren eine psychotische Vorform der Strukturabläufe, die zur Datenverarbeitung gehören, zum Beispiel: Wenn A größer wird als B, schlägt C dem später zu erreichenden Endpunkt, der Endzahl, den Aufschlag X zu, der aber für die Gruppen A 1 und A 2 jeweils um einen bestimmten Prozentsatz erhöht wird.

Die Vorformen solcher Überlegungen öffneten Trumpeners Geist den Weg in paradiesische, grüne Seelentäler. Eine dämonische Gleichung stimmte auf einmal. Aus Trumpeners Rachen kam ein plötzlicher, Trumpener selbst erschreckender Schnarcher, Wahnsinn schien nach Trumpener zu greifen. Er hatte Zugang zur Welt der Dämonen. Und er brauchte nicht mehr an diesen verkniffenen Vater zu denken – mehr noch, Trumpener schlief ein.

ANDERNTAGS hatte Trumpener plötzlich das Gefühl, aufräumen zu müssen. Er holte aus dem Keller einen Plastikkoffer, dem man die fünfziger Jahre ansah, und packte Pinsel, Palette und Farbtuben hinein. Er würde sie wohl nie mehr brauchen, diese Malutensilien. Sie hatten jahrelang unten in seinem Schreibtisch gelegen: ein heimlicher Traum, das Versprechen einer Umkehr. Nun wollte Trumpener nicht mehr. Den Koffer stellte er wieder im Keller, in einer alten Kommode ab, vor der die Langlaufskier und das Leichtmetallfahrrad standen.

Bis in die sechziger Jahre hatte Trumpener manchmal noch gemalt. Eine Zeitlang, als er schon bei Hansa McBrinn arbeitete, hatte er sogar daran gedacht, wieder mit dem Malen anzufangen; allerdings war er der Meinung gewesen, daß dazu eine große Lebenswende notwendig sei. Vielleicht mußte er das Rauchen einstellen, um bis in die Nacht hinein frisch zu sein, vielleicht mußte er mehr Sport treiben, den Geschlechtsverkehr einschränken, vor allem aber darauf gefaßt sein, eines Tages arm, vergessen, unbekannt und trunksüchtig zu sterben mit einem bitteren Zug um den Mund. Die Flamme der Größe jedenfalls durfte nie in ihm erlöschen, wenn er erst wieder angefangen hatte, intensiv zu malen.

Trumpener war froh, daß er diese Vorstellungen überwunden hatte. Jetzt hielt er sich für jemanden, den man als Realist bezeichnen kann: er hatte einen realistischen Beruf und verstand, realistische Aufgaben realistisch zu lösen. Gut, alle berühmten Leute hatten es weiter gebracht, und es war zweifellos ein schöner Gedanke, zu wissen, daß später Millionen mit Rührung und Ehrfurcht an einen Toten dachten und seine Werke bewunderten. Aber der Preis war zu hoch. Der Gedanke an das entbehrungsreiche Leben, das jeder dieser Berühmten geführt zu haben schien, war Trumpener unerträglich. Außerdem mußte er zugeben, daß in seinen Bildern, so phantasievoll sie waren, zu viel Quälerei steckte. Diese Quälerei war er leid. Er hatte halt ein bißchen Begabung, das war alles.

So hatte Trumpener aber nicht immer gedacht. Als er siebzehn war, hatte ihm Tante Margret eine Zeitungsanzeige geschickt, in der ein namhaftes Unternehmen in Essen Verkaufsleiter, Finanzchefs, Reisende und auch Lehrlinge suchte.

Trumpener erinnert sich: damals saß er zu Hause in seinem kleinen Zimmer vor einigen Aquarellen, meistens Bergseen und Waldlichtungen, als sein Vater hereinkam. Er wollte wissen, ob Trumpener nun die Lehrstelle in Essen annehmen werde oder nicht. Beim letzten Gespräch darüber hatte Trumpener noch gezögert. Er wußte eben nicht, ob die Stelle in Essen die beste aller möglichen Lehrstellen war.

»Irgendwann muß man das nehmen, was man bekommt«, sagte sein Vater. »Man kann nicht immer herumsuchen.«

Trumpener antwortete, ewig werde er natürlich nicht suchen. Vielleicht nehme er die Stelle, weil es andererseits nicht so wichtig sei.

»Nicht so wichtig?« fragte sein Vater.

»Na ja«, antwortete Trumpener. Eigentlich sei alles schon klar, spätestens so in drei Jahren vielleicht.

»Was?«

Er habe in letzter Zeit gemerkt, antwortete Trumpener damals, wie rasch er sich entwickelt habe. Er wolle das nicht mit letzter Sicherheit behaupten, aber er sei der festen Überzeugung, daß er bald mit seinen Bildern an die Öffentlichkeit treten könne. Dann sei sowieso alles anders.

Der Vater sagte: So einen hirnverbrannten Blödsinn habe er in seinem Leben noch nicht gehört. Er zum Beispiel könne ganz gut singen. Er habe immer im Männergesangverein mitgesungen. Er sei aber nie auf den Gedanken gekommen, daß er deswegen nicht arbeiten und kein Geld verdienen müsse. Über solch einen Wahnsinn wolle er überhaupt nicht länger reden. Er habe ja immer gewußt, daß man mit ihm, Schorsch, eigentlich gar kein vernünftiges Wort reden könne. Schorsch sei ein ganz schöner Spinner.

Damit ging der Vater hinaus.

Nicht daß Trumpener damals beeindruckt gewesen wäre. Selbst wenn ihn die Worte des Vaters verletzt hätten, aber das konnte man ja nicht so leicht, ihn verletzen: die Flamme der Größe hätte weitergebrannt, das Gefühl von Bedeutung feite ihn gegen alles Elend und alle Gebrechen dieser Welt. Damals konnte sich Trumpener vorstellen, daß er schlohweiß und mit gichtigen Fingern in einem verfallenen Haus immer noch malte. Auch dann würde er noch groß sein.

TRUMPENER drückte energisch die letzte Zigarette für heute aus. Durch die offene Wohnzimmertür blickte er auf die angelehnte Badezimmertür. Hildegard wusch sich die Haare. Es rauschte und zischte und klirrte trocken; ein Lichtstreif fiel heraus wie durch verbotene Türen vor Heiligabend.

Im gleichen Augenblick, in dem er an die Möglichkeit eines Beischlafs an diesem Abend dachte, wollte Trumpener auch an etwas anderes denken. Beide Gedanken, der konkrete und der noch unbestimmte, umarmten sich wie zwei Astralleiber im freien Raum, fanden sich im Clinch und sanken kraftlos zu Boden. Nicht alles konnte man planen. Es gab Dinge, die von selbst geschehen mußten. Wenn man sie wollte, ging es schief. Trumpener ging auf abergläubische Distanz zu seinen Beischlafgedanken.

Dann gab sich auch der anfangs noch unbestimmte Gedanke zu erkennen. Warum hatte ihn Leni Mühlacker angerufen? Doch wohl nicht nur, weil sie sich in München beim EDV-Lehrgang sehen würden. Was wollte sie von ihm? Vielleicht hatte sie gerade eine Enttäuschung hinter sich. Vielleicht dachte sie: Schluß mit dem Theater, so ein verheirateter Mann ist immer noch das Sicherste. In diesem Alter war sie ja inzwischen. Und Trumpener hatte ein fast untrügliches Gefühl dafür, daß die meisten Frauen etwas von ihm wollten. Leni robbte sich auf Ellbogen an ihn heran, ihr beunruhigend eindringliches Gesicht erschien über ihm, ein sich dauernd verändernder Mund wie eine seltsame Unterwasserblume, und jede Veränderung erfüllte Trumpener mit banger Lust. Er schüttelte heftig den Kopf. Er wollte nur das denken, was ihn nicht zu sehr beunruhigte, und schon gar nicht wollte er an etwas denken, was bange Lust hervorrief.

Auf der Fensterbank aus Kunststein lag ein Bündel Computer-Zeitschriften. Fast in jeder stand ein Artikel, den Trumpener lesen wollte; jedenfalls dachte er, einmal müßte er diese Artikel alle lesen. Während er eine Zeitschrift aufschlug, setzte sich Hildegard mit einem Stoß Illustrierter auf das Sofa. Die Art, wie sie die Beine unter sich zog, das rasche harte Umblättern der Seiten, das ungeduldige Weglegen einer Illustrierten nach der anderen beunruhigten Trumpener sehr. Natürlich bemerkte er diese Unruhe, natürlich fragte er sich, woher sie kam. Die Antwort fand er rasch: es war eben normal.

Seine Unruhe wuchs, als Hildegard in der Wohnung umherzueilen begann, Wäsche zusammentrug und in einen Korb warf. Alles geschah mit raschen, ungeduldigen Bewegungen; als der Korb voll war, trug ihn Hildegard in den Waschkeller. Ein bis zwei Abende in der Woche brachte sie auf diese Weise herum.

Als sie gegangen war, wurde Trumpener noch unruhiger. Vielleicht hatte er etwas versäumt, vielleicht hatte er etwas falsch gemacht. Er ging in die Küche und bestrich Brote mit Butter: eines belegte er mit Blutwurst und Zwiebelringen, ein anderes mit gesalzenen Rettichscheiben. Dazu nahm er sich eine Flasche Bier aus dem Eisschrank; für zehn Minuten hatte er herzhafte Gefühle. Dann holte er das Nähmaschinen-Ölkännchen aus dem Abstellraum und ölte die Dielentür. Ihr Quietschen hatte er fast ein halbes Jahr ertragen, bis ihm nach und nach klar wurde, daß nur Öl fehlte.

Später fand er es an der Zeit, sich im Keller umzusehen. Hildegard lud gerade nasse Wäsche aus der Waschmaschine in den Trockenautomaten um. Als Trumpener hereinkam, blickte sie nur kurz auf, machte ein unbeteiligtes Gesicht und fuhr in ihrer Arbeit fort.

»Kann ich helfen?« fragte Trumpener.

»Nein«, sagte Hildegard. »Ist ja nicht viel.«

Nach einer Weile ratlosen Herumstehens ging Trumpener wieder hinauf und zurück in die Wohnung. Er trat auf den Balkon und blickte auf die Lichterkette, die die Straße in

Richtung Werden säumte. Für einen Augenblick hätte er gern gedacht, warum er unbedingt heiraten, warum er eine Situation schaffen mußte, in der er durch einen anderen Menschen dauernd beunruhigt war. Dieser Gedanke wechselte aber auf halbem Wege seine Richtung, verwandelte sich und lautete nun so: Du mußt verständig sein. Da ist eine kleine fleißige Frau, deren Ehrgeiz es ist, saubere Wäsche zu produzieren. Sie ist treu und fleißig. Sie sagt nie etwas Böses. Aber in dir, in dir sitzt ein Unhold, ein stoppelbärtiger, rotgesichtiger Unhold. Sei sanftmütig.

Er holte sich die nächste Flasche Bier, setzte sich in den Clubsessel und legte die Beine auf den Rauchtisch. Langsam wurde Trumpener ruhiger. Stimmen der Tröstung meldeten sich: er stand ja erst am Anfang seines Lebens, war früher der fünftbeste Schüler gewesen, hatte das Sportabzeichen gemacht, war schon gefährliche Abfahrten hinabgebraust, konnte in weißen Hemdmanschetten und mit einem zartgeführten Schraubenzieher einen Vergaser einstellen, er hatte irgendeine Qualität, die weit über die Qualitäten anderer hinausragte, er war schon in Prag, Barcelona und Amsterdam gewesen, er war immer dabei, Schätze einzusammeln, die sein fester Besitz wurden. Schon seine Mutter hatte immer wieder gesagt, was für wunderbare Dinge es gebe und daß Trumpener sie erwerben müsse; was für wunderbare Eigenschaften der Mensch habe und daß Trumpener sie üben müsse; und dann: welche Ziele es zu erreichen gelte, damit man von allen Menschen und mit Ausdauer geschätzt wurde.

Trumpener hörte seine Mutter reden und sah ihr Gesicht vor sich. Es zersprang aber immer wieder wie eine Glasscheibe, versank im Nebel von Traurigkeiten. Trumpener konnte das Gesicht nicht festhalten. Er versuchte, freundlich an seine Mutter zu denken und so ihr Gesicht hervorzulocken, aber es versank wieder und lächelte nie.

Na ja, dachte Trumpener, sie hat ja auch viel Ärger gehabt. Leicht war es nicht für sie.

Die Morgenstunden fielen ihm ein, in denen sie das Frühstück herrichtete und am Küchentisch sitzenblieb, bis Trumpener gefrühstückt hatte. Noch in der Tür, er ging zur Schule, versorgte sie ihn mit Hinweisen, die meistens seine Kleidung und seine Haare betrafen.

Mit Beschämung dachte er daran, wie oft er dann ungeduldig geworden war. Sie war eine so gute, fürsorgliche Frau gewesen, und einmal hatte er tatsächlich gesagt: »Nun red doch nicht andauernd auf mich ein! Schaff dir lieber einen Dackel an!«

Trumpener meinte, sich zu erinnern, daß er unter dem dauernden Angespanntsein seiner Mutter die unerschütterliche Ruhe entwickelt hatte, die er heute besaß.

Dann fielen ihm die Wochen ihrer letzten Krankheit ein. Da war sie ganz anders geworden. Sie zeigte nie ein Zeichen von Unruhe oder Widerstand, wenn er eine Zeitlang an ihrem Bett im Krankenhaus gesessen hatte und gehen wollte; sie versuchte nie, ihn länger festzuhalten. Sie hatte keine Wünsche mehr, die sie wichtig nahm; sie hatte Zeit und hörte gerne zu. Trumpener war nicht traurig, wenn er ging. Seine Mutter gab ihm das Gefühl mit, für alles Zeit zu haben.

Als er, während er an diese Zeit zurückdachte, sich gerade einen Augenwinkel auswischte, kam Hildegard aus dem Waschkeller herauf und begann, rastlos in der Wohnung herumzutrippeln und die Wäsche zu verstauen.

Eine gute halbe Stunde später lagen sie im Bett.

Trumpener beobachtete seine Frau: sie las in »Brigitte«; dann legte sie das Heft beiseite, schloß die Augen, öffnete sie plötzlich wieder und drehte sich zur Seite. Der Kopf lag auf dem blaßgelben Kissenbezug, die Schultern und Oberarme, geziert mit den Ärmelrüschen ihres rosa Nachthemdes, sahen unter dem Deckbett hervor. Über dem Kopfen-

de des Bettes hing ein weißes Ablagebrett mit dem Wecker
darauf, Haarklammern, Gelonida, Lippenfettstift.

Trumpener küßte Hildegard zur Gutenacht auf die Nasenspitze und lächelte gutmütig dazu. Sie lächelte gutmütig
mit geschlossenen Augen.

Im Fernsehen hatte Trumpener eine Fortsetzung von
»Krieg und Frieden« gesehen. Ein abgeschossenes Bein
rollt weg, über das Gesicht eines tödlich Verwundeten legt
sich unendlicher Ernst. Graf Ciano, der Schwiegersohn
Mussolinis, setzt sich rittlings und dem Erschießungspelo-
ton abgewandt auf einen Stuhl. Trumpener versuchte zu
fühlen, was er dachte, als er den feurigen Einstich im
Rücken spürte.

Die Schrecknisse verblaßten. Trumpener betrachtete Hildegards Nasenspitze; dabei fiel ihm eine gewisse Bettina
ein: die schönen, geschmeidigen Bewegungen, wie sie mit
spitz nach unten zeigenden Füßen den Slip abstreift und
lächelt. Das war aber vor der Heirat mit Hildegard gewesen. Und als er etwa fünf Jahre alt war, hatten seine Eltern
Besuch von Verwandten mit Kindern; die dreizehnjährige
Lieselotte übernachtete in seinem Zimmer. Trumpener
erinnerte sich an feuchte Wärme, er wird berührt, bewegt,
gedrückt. In seiner Erinnerung waren keine Gefühle mit
diesen Vorgängen verbunden. Lieselotte legt den kleinen
Trumpener auf ihren Bauch, ergreift etwas und stopft es in
sich hinein. Der große Trumpener hatte plötzlich ein
Gefühl süßer Schwäche. Er spürte Lieselotte unter sich.

HILDEGARD arbeitete bei Krupp in der Betriebsabrechnung. Jemand hat Geld ausgegeben, für eine Maschine, ein Farbskalenregister, einen Heißlufthändetrockner, ein Stirnrad, einen Fettschreiber: Hildegards Aufgabe war es, die Kosten dafür der zuständigen Abteilung zu belasten. Häufig forderte eine Abteilung, eine andere solle die Kosten übernehmen, und Hildegard mußte begründen, abwehren, verteidigen, überzeugen – lauter Dinge, die sie eigentlich nicht wollte. Wenn sie nicht weiter wußte, nahm sie den armseligen Pappumschlag mit dem fraglichen Vorgang und legte ihn Herrn Hahn vor. Der mußte dann entscheiden. Hildegard setzte sich mit übereinandergeschlagenen Beinen vor seinen Schreibtisch und sah erwartungsvoll dem Durchblättern zu.

Es gibt aber für alles eine Lösung. Galaxien von Staubkörnern wirbelten im bronzegoldenen einfallenden Sonnenlicht. Ein alter Mann saß vor Hildegard und bestimmte diesen Weltaugenblick, ein Mann von neunundfünfzig Jahren, im grauen Anzug, mit tiefen, gutmütigen Großmutterfalten um Mund und Nase. Hildegard konnte sich vorstellen, wie er vor dem Schlafzimmerspiegel steht, wie seine muskellosen Arme in das bauschige, blaugestreifte Hemd fahren, wie es über den formlosen Hintern fällt. Es wird ihm egal sein, daß er so aussieht; er bemerkt es nicht.

Sobald Hildegard ihn verlassen hatte, wurde Hahn für sie zu einem gasförmigen Etwas, zu einer blaugrauen Wolke mit Fragmenten von einem Gesicht darin. Der Körper verbarg sich. Besonders hartnäckig verbargen sich die Geschlechtsteile. Selbst wenn Hildegards Phantasie sie für Sekunden ans Licht gezerrt hatte: eine halbe Sekunde Unaufmerksamkeit, und sie wären schon wieder verschwunden.

Hildegard kehrte zu ihrem Schreibtisch zurück. Frau Tillmann sah ihr entgegen und sagt: »Herr Julius hat

Jubiläum. Alle sind drüben in der Kantine. Kommen Sie
mit?«

»Man muß ja wohl«, antwortete Hildegard.

In der Kantine stand der Jubilar hinter einem Tisch, auf
dem alles lag, was die Firma und die Kollegen geschenkt
hatten: Pendule, ein Blitzlichtgerät, das in Kupfer geprägte
Bild eines hammerschwingenden Schmiedes, ein Radio-
wecker. Auf dem Tisch daneben waren Plätzchen, Sekt,
Likör, Pralinen und Orangensaft verteilt. Die Damen aus
Herrn Julius' Abteilung liefen hin und her und boten an.
Sie trugen schwarze Jackenkleider und helle Blusen. Etwa
fünfzig Leute standen in Gruppen zusammen und hielten
Gläser in der Hand. Es ging nicht übermäßig hierarchisch
zu. Der Betriebsdirektor zum Beispiel stand mit einigen
älteren Arbeitern zusammen; andererseits hatten sich meistens die gefunden, die sich ohnehin gut kannten.

Hildegard ging durch die Menge, andauernd bereit, sich zu
entschuldigen oder entschuldigend zu lächeln. Sie hatte oft
zu Trumpener gesagt, daß sie Menschenansammlungen
hasse, daß sie solche Versammlungen überhaupt albern
finde, es werde nur dummes Zeug geredet, die Leute seien
so laut und aggressiv, kurz gesagt, widerlich. Trotzdem
gab es kaum jemanden, der freundlicher und mädchenhaft-
verschämter gelächelt hätte als Hildegard. Jeder fand sie
nett.

Dieser Widerspruch fiel Hildegard nicht auf. Sie fühlte sich
wie ein beschämter Schatten, wie jemand, der sich loswerden wollte und doch mitschleppen mußte. Immer war ihr
ein Bild von sich gegenwärtig, über das sie jedoch niemals
nachdachte, vielleicht, weil es so selbstverständlich da war.
Es war das Bild eines Menschen, der sich verstecken
mußte, damit nicht über ihn gesprochen wurde. Hildegard
hatte das Gefühl, sie müsse verheimlicht werden. Mit Zehn
hatte sie vor dem Einschlafen auf dem Bauch gelegen und
sich vorgestellt, wie jemand in einem Sumpf erstickte;

nachmittags, allein im Zimmer, hatte sie mit ihrer Freundin Marlis Doktor gespielt. Sie hatten sich die Höschen ausgezogen, die Furche am Hintern und lange und angestrengt den Anus betrachtet. Mit Siebzehn, damals waren beide auf der Handelsschule, hatten sie einen Türkenjungen kennengelernt und mit in die Wohnung genommen. Er mußte sich auf den Rücken legen, Marlis hockte sich auf ihn, Hildegard kniete über seinem Kopf. Keine blickte die andere an. Der Junge hieß Nested, war sechzehn und bekam von Marlis fünfzig Mark.

Nicht daß Hildegard nach so langer Zeit noch peinliche Gefühle empfunden hätte. Sie dachte einfach nicht mehr daran.

Mit einem Glas in der Hand und einer Zigarette fühlte sie sich schon sicherer. Sie stellte sich zu den Mädchen aus der Registratur: das waren angelernte Arbeitskräfte, keine ausgebildeten Kaufleute wie sie. Aber hier fühlte sich Hildegard willkommen. Sie blieb bei der Gruppe stehen und schwatzte. Als der einbeinige Fritz Gottschalk, ein Pförtner, auf seinen Krücken hereinkam, ging sie auf ihn zu, besorgte ihm ein Bier und ließ sich strahlend von ihm um die Schulter fassen. Alle redeten ihr zu, zu trinken, stießen mit ihr an, jubelten, als sie ein Glas auf einmal leerte, und viele sagten, jetzt gehe sie doch endlich einmal aus sich heraus, sonst sei sie immer so still.

Frau Tillmann fuhr sie nach Hause. Hildegard war es schlecht vom vielen Durcheinandertrinken. Es hatte kurz geregnet; eine blauschwarze Wolkenburg türmte sich am Horizont auf. Hildegard hatte das Empfinden, jetzt viele Dinge auf einmal besitzen zu wollen. Sie hätte gern Leute angefaßt, am liebsten Jungs wie damals Nested. Sie wünschte sich viele Menschen und verstand nicht, warum sie sich trotzdem so allein vorkam.

TRUMPENER saß an seinem Schreibtisch, behutsam einen Bleistift zwischen den Fingerspitzen balancierend. Er sah genau so aus, wie er sein wollte: ernst, nachdenklich, bewegt. Irgendetwas in ihm registrierte, wie er sich in diesen schweren Stunden verhielt.

Haberkorn lag in seinem weißen, lichtdurchfluteten Krankenzimmer und regierte in die Bürowelt hinein. Selbst Joachim Wingenbachs Macht war nur geliehen, solange Haberkorn noch lebte. Er lächelte durch Wände und Fenster herein, die Falten seiner Bettdecke kräuselten sich.

Ich sehe ja ein, sagte etwas in Trumpener, Sie sind jetzt verhindert – und trotzdem. Sie haben immer so getan, als könne weder mir noch sonst jemandem hier etwas passieren! Jawohl, so haben Sie getan. Ich war gut, einfach weil Sie auf mich zählen konnten. Nie sollte sich daran etwas ändern, unter Ihrem Lächeln waren Änderungen unwahrscheinlich. Und nun liegen Sie da, lächeln und sterben. Sie haben geschwindelt. Sie sind nicht besser als andere.

Der Vorstand der Muttergesellschaft hatte Joachim Wingenbach eingesetzt. Jetzt saß er hier: ein Stiefvater.

Gerade hatte noch eine Besprechung mit der Arbeitsvorbereitung stattgefunden. Trumpener war überzeugt, daß die Integration der Daten des Werkes Hersel nichts bringen würde. Er hatte es bewußt unterlassen, diese Daten einzufüttern, bewußt, jawohl, aber nun hieß es, Herr Trumpener möge das beim nächsten Mal belegen. Als ob man die Belege und Argumente Trumpeners benutzen konnte, ohne Trumpener selbst mitzusehen, seine Überzeugung, seine Erfahrung, seinen tiefen Ernst.

Etzel rief an. Mit Haberkorn gehe es zu Ende. Ja, die Familie sei um ihn. Dann unterbrach sich Etzel. »Ich höre gerade, es ist schon vorbei. Frau Kortzig sagt – wie? Gut, also wahrscheinlich. Wahrscheinlich. Dann hat er es wohl überstanden.«

Auf dem Heimweg fuhr Trumpener am Krankenhaus

vorbei. Haberkorn lag lang gestreckt unter dem Leinentuch, das über seinen Zehen ein kleines Gletschermassiv bildete. Weit entfernt, am anderen Ende, ruhte der Kopf des Toten: eine unfaßbare Veränderung, aber der große Trost war, daß es nicht mehr Ulrich Haberkorn war. Dieses erstarrte Symbol eines Körpers lud zu nichts mehr ein. Es sagte eindringlich, daß Haberkorn nun überall sein konnte, nur nicht hier.

Die Krankenschwester, eine ältliche, kleine Frau, stand schweigend in der Tür. Trumpener dachte, daß er den Toten geliebt hatte. Für einen Augenblick empfand er eine tiefe Freude.

Draußen vor dem Krankenhaus war niemand zu sehen. Die Krankenschwester schien das Haus der Toten und Kranken allein zu hüten.

TRUMPENER hatte Hildegard seit längerem mit Ernst geraten, wieder einmal ihre Eltern zu besuchen: die Mutter, die mit Hilfe der Weightwatchers zwanzig Kilogramm abgenommen hatte, den Vater, den der Service an einigen Rasenmähern nicht losließ, die er früher einmal verkauft hatte. Man rief immer noch nach Wilhelm Tesche. Die Rasenmäher und andere Gartenpflegegeräte, die er seinem großen Bekanntenkreis aufgeschwätzt hatte, verfolgten ihn wie Alimentenforderungen.

Hildegard hatte eine ganze Woche lang nicht einmal angerufen. Sie wisse nicht, was sie ihren Eltern sagen solle. Es sei nur dummes Gequatsche, was dabei herauskomme, sagte sie.

Trumpener blickte sie aufmerksam an und antwortete, daß die alten Leute das brauchten, ob dumm oder nicht.

Das Einfamilienhaus der Tesches lag inmitten anderer Einfamilienhäuser an einer sanft abfallenden Straße, die auf die Einfallstraße nach Werden zulief. Die Garage für den bejahrten VW-Bus war aus Klinkersteinen gebaut, das Haus mit grauem Verputz stammte aus den fünfziger Jahren. In der Küche hielt sich noch ein braun gebeizter Schrank aus den dreißiger Jahren. Darauf standen eine Schrankuhr und ein Porzellankörbchen, in dem eine Widerstandspule, Knöpfe und Hustenbonbons lagen. Hier lebten zwei ältere Leute, die den ganzen Tag ununterbrochen zu tun hatten.

»Gut, daß sie sich das einbilden«, sagte Trumpener immer. Hildegard antwortete dann: »Ich weiß nicht.«

Sie saß am Tisch in der elterlichen Küche und nippte am Kaffee, und ihre Mutter fragte, ob Hildegard dies oder das anschauen, mitnehmen, geliehen oder geschenkt haben oder nur ausprobieren wolle. Die Mutter war so frisch und kräftig, so wach, so umfassend vorhanden, daß jeder außer Trumpener sich gefragt haben würde, auf welche Weise sie mit einem so unzufriedenen, verzagten und nachgiebigen

Menschen wie Hildegard verwandt sein konnte. Trumpener aber sah Hildegard eingesponnen in eine mütterliche Fürsorge, die auf Einverleibung aus war. Er, Trumpener, hatte die endgültige Einverleibung verhindert. Das war die Aufgabe des Mannes. Nun darbte die Mutter ohne ihr Opfer.

TRUMPENER ging durch das Verwaltungsgebäude. Klamp begegnete ihm mit einer Mappe unter dem Arm und nickte kurz, Frau Bader tippte bei offener Tür, Etzel beugte sich über Kontenblätter. Die graue Jalousie am Ende des Ganges war halb heruntergelassen, Streifen von Licht fielen herein; es roch nach Kühle, Beton und Papier.

Während Trumpener über den Gang eilte, stellte er sich vor, was die anderen über ihn redeten, wie sie vielleicht über ihn reden könnten. In seiner Bescheidenheit wies er aber gleich zurück, was er hätte hören können.

Da geht Trumpener.

Er ist der Beste, den wir haben.

Er ist der Einzige, gegen den man nichts sagen kann. Ihn kann man so richtig gern haben.

Eigentlich wäre er der Richtige für diesen Laden. Der Einzige, der alles zusammenhalten könnte.

Die Lieferanten sind entgegenkommender bei so einem.

Die Kunden würden mit ihm nicht um den letzten Pfennig feilschen.

Er sagt fast gar nichts, es geschieht alles von selbst.

Trumpener blieb stehen und wurde wütend auf sich. War er nicht ein ganz normaler Angestellter? Hatte er etwa eine große Karriere vor sich? Er besaß ja nicht die Zähigkeit und Verbissenheit von Klamp, nicht die Freude am Detail wie Etzel, nicht die Besessenheit von Wingenbach. Es war gefährlich, sich zu viel einzubilden.

Als Trumpener vor Wingenbachs Zimmer stand, hatte er sich beruhigt.

Wingenbach stierte ihn über den Schreibtisch hinweg fast unverschämt an. Sein Blick stach und funkelte; die Stimme aber klang jovial, ruhig und leise.

Es sei alles etwas schnell gegangen mit Haberkorn, sagte er. Darum habe man bisher nicht richtig miteinander reden können. Wollte er, Trumpener, nicht nach München fahren, zu diesem Rechenlehrgang?

»Datenverarbeitung«, sagte Trumpener mit Nachdruck. »Herr Haberkorn hat es so bestimmt, die EDV soll schließlich erweitert werden.«

Gut, gut, sagte Wingenbach, aber eigentlich sei das alles Quatsch. Trumpener könne auch einen Programmierer schicken, den Kottsieper. Ihm, Wingenbach, sei es lieber, wenn Trumpener anstelle von Lehmkuhl die Einkaufsabteilung übernehmen würde.

»Und was würde dann aus Lehmkuhl?« fragte Trumpener zögernd. »Ich möchte nicht –«

»Den setzen wir woanders hin, den faulen Kerl«, sagte Wingenbach. »Ersatzteilbestellungen, das kann er.«

»Das wird er nicht tun«, sagte Trumpener.

»Nicht tun?« Wingenbach lächelte fast kindlich süß. »Wenn ich den ein paarmal morgens nicht angucke, dann geht er. Glauben Sie mir. Das hält keiner aus. Also, Sie überlegen sich das alles?«

»Aber was«, fragte Trumpener bestürzt, »wird dann aus der Datenverarbeitung?«

»Darüber müssen wir uns sowieso Gedanken machen«, sagte Wingenbach.

Erst später begriff Trumpener, was alles in Wingenbachs Worten gelegen hatte. Trumpener konnte an seinem Platz bleiben oder nicht, konnte nach München fahren oder nicht. Es war Wingenbach merkwürdigerweise gleichgültig, was Trumpener tat. Trumpener war verwirrt.

KLAMP war der einzige Vertraute, den Trumpener in der Firma hatte. Klamp war Betriebsschlosser im Bergbau gewesen und hatte sich bei Hansa McBrinn zum Konstruktionsleiter emporgearbeitet. Während die Flamme, die in Georg Trumpener einst brannte, durch den Realisten Trumpener still ausgedrückt worden war, hatte Klamp Tag und Nacht über sein Weiterkommen nachgedacht. Er wußte auch, daß man dafür etwas tun mußte, mehr als andere. Denn von Natur aus fühlte er sich dazu bestimmt, unterdrückt, ausgenutzt, geschunden und getreten zu werden. Da mußte man hart sein. Klamp war es. Wenn man ihn gefragt hätte, was er von Trumpener halte, was ihn zu den vertraulichen Morgengesprächen in seinem oder Trumpeners Büro treibe, hätte Klamp, wenn es ihm eingefallen wäre, geantwortet, daß Trumpener Härte gegen sich selbst eben nicht nötig zu haben schien. Er war von Anfang an etwas Besonderes gewesen und deshalb von Haberkorn nicht umsonst so geschätzt worden. Sicher, der neue Chef hielt nichts von Trumpener. Das durfte man Trumpener nicht sagen. Dessen wichtigste Eigenschaft für Klamp aber war, daß er ihm nicht gefährlich werden konnte. Deshalb hielt Klamp Trumpener für einen guten Menschen.

»Was wählst du eigentlich?« fragte er, als Trumpener zu seinem Morgenbesuch an sein Zeichenbrett trat. »Du wählst doch bestimmt die FDP. Da sind die Aufsteiger drin.«

Trumpener antwortete, er wähle vielleicht die SPD. Klamp fand, daß das Quatsch sei. Wieso wähle Trumpener eine Partei, die doch gar nicht seine Interessen vertreten könne? Ihm, Klamp, sei das Hemd näher als der Rock. Und wenn er sich diese SPD-Burschen ansehe: eigentlich wollten sie ja mit den Russen gemeinsame Sache machen, und die Russen habe er kennengelernt. Er wolle nicht plötzlich den Kommunismus haben. Was also habe Trumpener mit seiner Partei im Sinn? Sei er etwa ein Arbeiterführer, ein Revolutionär? So komme er ihm, Klamp, doch gar nicht vor. Oder wolle Trumpener gern weniger verdienen oder nur, daß alle das Gleiche hätten? Müsse es nicht immer wieder Privilegierte geben, also Leute, die Vorteile hätten? Wisse er nicht, daß es nach einer Revolution in fast jedem Land immer wieder dasselbe sei, daß sich die Leute bald wieder so einrichten würden wie früher?

Trumpener ging auf diese Fragen nicht ein. Er hatte den Eindruck, daß das, was er antworten müßte, Klamp nicht verstehen könnte. Die Antwort hätte etwa so gelautet: Ich, Trumpener, bin für mehr Gerechtigkeit. Am liebsten für totale Gerechtigkeit. Ich hasse die Leute, die du immer wählst. Sie sorgen nur für ihre Privilegien und dafür, daß die armen Leute immer ärmer werden. Das oberste Ziel aber ist Gerechtigkeit. Ich will nicht übertreiben, ich bin ja kein Idealist, aber ich wähle die, die ein bißchen mehr für die Gerechtigkeit tun. So bin ich nun mal.

Während sich Trumpener diese Antwort dachte, hatte er starke Gefühle. Sie ließen sich nur schlecht aussprechen; er wußte auch nicht, warum.

ALLE DREI bis vier Wochen besuchten Trumpeners ihre Freunde Michael und Silke Oellers. Michael Oellers, ein Wirtschaftsprüfer, war fünfunddreißig Jahre alt, hatte ein sportlich-freundliches Jungengesicht, krauses Haar und um die Lippen einen spöttischen Zug. Wenn jemand eine Kreislaufschwäche hatte, einen Liebeskonflikt, unsicher war wegen eines Stellungswechsels oder unter dem Tod eines Angehörigen litt: Michael erklärte jedem, was zu tun sei. Er wußte immer Bescheid; er hatte sich eine Welt ohne Langeweile erschaffen, durch die Trumpeners dann für einen Abend spazierten. Was die Oellers' genau von ihnen wollten, war Georg Trumpener immer unklar gewesen. Er vermutete, daß Michael Oellers sie eines Tages vielleicht zu irgendetwas verführen wollte, zum Beispiel zu Gruppen-sex. Die heimlich vermutete Unzucht war aber bis jetzt nicht offen zutage getreten.

Im Grunde verachtete Trumpener Michael Oellers. Der soff zu viel, ging regelmäßig fremd, hatte eine Frau, die fast lasterhaft aussah, und er war zweifellos größenwahnsinnig. Trotzdem war Michael der einzige Freund, den Trumpener hatte.

Zwei Tage nach dem Gespräch mit Wingenbach fuhr Trumpener kurz entschlossen zu Oellers'. Hildegard blieb zu Hause; sie hatte behauptet, sie wisse nicht, ob sie Lust habe, mitzukommen.

Trumpener war sich im Klaren darüber, daß Hildegard voll und ganz das Recht hatte, keine Lust zu haben. Richtig fand er es nicht. Bei langem und ausdauerndem Reden mußte doch herauszufinden sein, weshalb Hildegard keine Lust hatte, vor allem, weshalb sie nicht darüber sprechen wollte. Sie wußte doch, wie wichtig er den Oellers' war, mit welchem Hallo er immer empfangen wurde. War es vielleicht so, daß sie sich weniger willkommen und weniger wertvoll fühlte als Trumpener? Das war aber völlig unbegründet. Hildegard konnte und mußte wissen, wie sehr er darauf achtete, daß sie nicht im Schatten stand. Bei jeder Gelegenheit wies er auf gewisse Aktivitäten und Interessen hin, auf ihr Italienisch-Studium, auf die Konsequenz, mit der sie sich das Rauchen abgewöhnt hatte, auf die Gründlichkeit, mit der sie Ferienprospekte ordnete und aufbewahrte: dies nur als Beispiele. Wenn Trumpener so von Hildegard sprach, zeigte sie aber kaum Dankbarkeit. Sie machte eher ein unwilliges Gesicht, und er reagierte gutmütig verlegen: es war eben so ein Stück Bockigkeit in ihr, das man akzeptieren mußte, wenn man sie wirklich fördern wollte.

Trumpener fuhr also in Richtung Baldeney-See und dann zwischen Buschwerk die lange Anfahrt zu Oellers' Haus hinauf und parkte unter der weit ausladenden Veranda. Aus dem offenen Fenster des Wohnzimmers kam Musik; Michaels Hund wedelte um das Auto herum. Jetzt, da Trumpener angekommen war, hatte er es nicht mehr so eilig. Er hätte noch lange im Wagen sitzenbleiben können.

Oellers' Flur war mit einer kupfern durchwirkten Tapete ausgeschlagen. Ein kleiner Chagall und ein noch kleinerer Picasso hingen an der Wand, dicht daneben ein Cowboy als Hampelmann. Die Hände zuckten nach den Colts, wenn man an der Strippe zwischen den Beinen zog. Von der Decke hingen ein gutes Dutzend Marionetten. Wenn er in diesem Flur stand, dachte Trumpener immer, daß man sich freilich noch ein bißchen individueller einrichten konnte, aber das war eine Geldfrage.

Michael Oellers hatte sich ein Luftgewehr gekauft. Damit schoß er im Garten auf Tonröhrchen, die er in die Bäume gehängt hatte. Überhaupt habe er jetzt mehr Zeit, sagte er, weil er erkannt habe, daß man sich die Arbeit noch günstiger einteilen könne. Er habe damit begonnen, seine Mitarbeiter darauf zu dressieren, jedes überflüssige Wort zu vermeiden, ebenso jedes überflüssige Schriftstück von ihm fernzuhalten und nur zu ganz festgelegten Zeiten zu ihm ins Büro zu kommen. Außerdem habe er einen Katalog von Dingen aufgestellt, mit denen er absolut nicht behelligt werden wolle, so kompliziert oder gravierend sie den Mitarbeitern auch vorkommen mochten. Beispiel: wenn ein Brand ausbreche, wolle er höchstens gestört werden, wenn er selbst bedroht sei. Für den Brand selbst aber sei die Feuerwehr zuständig, nicht er.

Oellers erzählte das alles in einem Ton von Gleichgültigkeit und Pfiffigkeit, der Trumpener nie möglich gewesen wäre. Er konnte sich vorstellen, daß er schimpfte, wenn ihm jemand auf die Nerven ging, aber sozusagen ein Weltkontrollprogramm aufzustellen, in das sich andere Menschen fügen mußten, das erschien ihm befremdlich. Er ahnte, daß es ihm an Konsequenz fehlte.

Ja, sagte er, er sei schon froh, wenn die Leute nicht andauernd in sein Büro kämen und ihm was erzählen wollten.

»Dann jag sie doch weg«, sagte Silke Oellers. »Oder hast du nicht so viel zu sagen?«

Trumpener brummte mißmutig: Wer in seiner Firma nichts zu sagen habe, sei selber schuld. So heiße es ja allgemein.

»Wenn man sein Konzept nicht durchsetzen kann«, sagte Michael Oellers, »muß man gehen.«

Silke fügte hinzu: »So ein Minijob, wie du ihn hast, dafür bist du doch zu schade. Fühlst du dich überhaupt noch wohl?«

Nein, sagte Trumpener, er fühle sich nicht wohl. Der neue Chef habe nicht die Fähigkeit, sich auf ihn einzustellen. Er habe grobschlächtige Ansichten, er verlange unmögliche Dinge.

Jetzt zeigten sich die wahren Freundeseigenschaften von Silke und Michael Oellers. Wäre Trumpener an diesem Abend in einer sehr frommen Familie zu Gast gewesen, hätte er vielleicht einen Blick des Mitgefühls geerntet, aber nicht diese Fülle an Sympathie. Silke und Michael hatten längst empfunden, daß Trumpener unter andere Menschen gehörte, und Menschsein konnte man lernen. Man wurde erst ein richtiger Mensch, wenn man mit Leuten zusammenkam, die großzügiger waren, die Mut hatten, vor allen Dingen zum Außergewöhnlichen, die nicht verklemmt waren, die etwas riskierten, die Phantasie hatten. Viele Menschen waren einmal so gewesen wie Trumpener. Aber irgendwann hatten sie ihre Fesseln gesprengt. Konnte Trumpener nicht zum Beispiel Diplomat werden? Einfach im Konsulatsdienst anfangen und dann durch irgend etwas auf sich aufmerksam machen? Oder wie wärs mit einer Partei? Ohne sich lange mit Idealen aufzuhalten, an die ohnehin niemand glaubte, ein eiskalter Macher, einer, der immer noch einen Gang mehr zulegte als die anderen?

»Mensch«, sagte Silke dann, »da fällt mir Grasseck ein.« Von Bertram Grasseck wurde diskreter gesprochen als von anderen Freunden und Bekannten. Gewöhnlich erfuhr Trumpener immer, wer mit wem schlief oder geschlafen hatte, was er verdiente, wo er es verdiente und wie er es ausgab. Grasseck aber wurde nicht einmal beim Vornamen genannt. Zur Zeit arbeitete er noch als Redakteur bei einer Zeitung. Die Rathaus-Parteien einer Nachbarstadt hatten untereinander aber schon ausgemacht, daß er im Herbst das Kulturreferat übernehmen sollte. Grasseck suchte also gute Leute, Trumpener sei für ihn der richtige Mann.

»Wann kannst du kündigen?« fragte Michael.

Soweit sei es doch noch nicht, antwortete Trumpener.

»Doch, doch«, sagte Michael. »Die Sache ist schon gelaufen. Völlig klar. Ich werde Grasseck anrufen.«

IN DER MITTAGSPAUSE hielten sich die meisten Angestellten in der Kantine auf. Wer im Büro zurückblieb, saß plötzlich in einem Zuviel an Raum, Luft und Ruhe, zwischen aufgeschlagenen Zeitungen, Brötchen, Joghurt.

Hildegard bestrich ein Brötchen mit Butter, Frau Tillmann las Zeitung. Draußen auf dem Mittelgang ging die junge Frau Heintzemann vorbei.

»Ich möchte auch einen dicken Bauch haben«, sagte Frau Tillmann und seufzte.

»Nein«, sagte Hildegard, »das nicht.«

Sie war gegen Kinder. Wenn sie nur an die Geburt dachte, an die Schmerzen: Nein, dazu hatte sie keine Lust.

»Und Ihr Mann?« fragte Frau Tillmann.

Der sei wohl nicht dagegen.

Frau Tillmann konnte sich Trumpener gut als Vater vorstellen.

Hildegard starrte noch eine Weile vor sich hin. Sie sah sich unbeholfen und mit dickem Bauch, und ein kleines, glitschiges Etwas glitt unter feurigem Schmerz aus ihr heraus. Trumpener schaute mit geilem, triumphierendem Blick zu. Hildegard wird nichts von dem tun, was von ihr erwartet wurde. Sie läßt sich nicht kleinkriegen. Sie will auch kein Kind, obwohl ihre Mutter in regelmäßigen Abständen danach fragte.

MICHAEL OELLERS hielt Wort: wenige Tage nach Trumpeners Besuch rief er an und sagte, er habe mit Grasseck gesprochen, der sei interessiert und wolle Trumpener kennenlernen. Gelegenheit dazu sei am Samstag abend. Er, Michael, habe einige Leute eingeladen, darunter eben Grasseck, Trumpener solle doch dazukommen und diesmal Hildegard mitbringen.

Hildegard aber wollte lieber wieder zu Hause bleiben. Nein, sagte sie, sie habe auch diesmal keine Lust. Sie wisse, wie wichtig es für Trumpener sei, diesen Grasseck zu treffen, aber sie würde doch nur dabeisitzen. Reden müsse schließlich Trumpener. Er solle ruhig allein fahren.

Trumpener verstand seine Frau nicht. Er fragte sich, ob sie einfach nicht begreifen konnte, daß es um sein berufliches Fortkommen ging, nicht etwa um einen vergnügten Abend. Grasseck konnte ja sein Leben verändern. Vielleicht war auch wieder Hildegards Eifersucht im Spiel: eine kindliche Regung, die man als Erwachsener eines Tages doch durchschauen mußte.

Trumpener fuhr also allein zu Oellers'. Michael kam zur Tür und öffnete, mußte aber gleich wieder in die Küche, wo er Gulaschsuppe kochte. Also schlenderte Trumpener allein ins Haus, hörte die Stimmen lauter werden und die Musik heftiger stampfen. Rötlich-braunes Licht fiel in den Flur. Silke legte gerade eine neue Platte auf und konnte Trumpener nur beiläufig die Hand geben.

»Nimm dir was zu trinken, Schorsch«, sagte sie. Sie hatte weiße Flanellhosen und einen weißen Pullover an. »Das ist Schorsch Trumpener«, schrie sie durch den Musiklärm. »Er arbeitet richtig.«

Unter den Gästen waren Kaspar Wagner, ein Chirurg aus Gießen, Michaels bester Freund, und der Gärtner, der zweimal in der Woche zu Oellers' kam und sich um den Garten kümmerte. Solche Leute hatte Michael öfters um sich. Sie wurden geliebt wegen ihrer Hilfsbereitschaft, sie wurden gelobt wegen ihres bescheidenen und anhänglichen Charakters. Michael hatte immer ein gutes Wort für sie, das ihre Besonderheit erklärte, ihren Wert. Irgendwie wollten sie alle aus dem stumpfen Leben der Masse heraus. Michael Oellers' Gunst war der Weg dazu. Er lenkte und entwickelte diese Menschen.

Es war aber auch Roswitha Theisen da, die selten bei einer Party fehlte. Sie kam gerne, weil sie immer wieder neue Freunde fand.

Auf Silkes Bemerkung, Trumpener arbeite richtig, antwortete Kaspar Wagner: »Mensch, ich hab zwei Nächte nicht geschlafen.«

Roswitha Theisen blickte ihn bewegt an. »Und tagsüber auch nicht? O Gott. Aber heute dürfen Sie trotzdem nicht so früh gehen, nicht wahr?«

»Er muß morgen früh wieder in Gießen sein«, sagte Silke bissig.

»Er fährt ja so schnell«, sagte Roswitha. »In Gießen ist er in zwei Stunden.«

»Arbeiten, arbeiten . . .«, sagte Michael, während er aus einem schwarzen Kessel Suppe in Tassen schöpfte. »Ich arbeite nur drei Stunden am Tag. Von mir aus – Moment, der liebe Kaspar hat zuwenig Fleischstücke bekommen, gib noch mal her –, von mir aus könnten alle Menschen nur drei Stunden am Tag arbeiten. Das ginge auch. Sie müßten nur so arbeiten wie ich: wie eine Maschine, und radikal. Nicht andauernd grübeln und palavern, sich nicht in Gespräche verwickeln lassen, jedes überflüssige Wort dem anderen abschneiden.«

Silke lächelte selbstgefällig wie eine Assistentin, die sich neben dem Messerwerfer verneigt.

Trumpener hatte aufmerksam auf Roswitha Theisen geblickt. Er stellte sich vor, daß es ganz leicht war, zu dieser Frau nett zu sein. Weiß der Teufel, wie es kam, daß ihm immer wieder Frauen begegneten, mit denen es überhaupt keine Schwierigkeiten zu geben schien.

Roswitha bemerkte seinen Blick und sah Trumpener so durchdringend an, daß er sich für einen Augenblick wie auf einer Luftschaukel fühlte, die gerade ins Himmelblau emporschwingt.

Während des ganzen Abends sprachen er und Roswitha weniger miteinander, als sie es getan hätten, wenn sie sich nicht so angesehen hätten. Nur zum Abschied, spät am Abend, sagten sie noch ein paar Sätze zueinander, die in beiden nachklangen und fast wie ein Versprechen waren, das sich mühelos einhalten und mühelos vergessen ließ. Das war gerade das Schöne daran.

Während Kaspar Wagner seine Suppe löffelte, erzählte er, wie er als Assistenzarzt gleich in der zweiten Woche Nacht- und Notdienst machen mußte. Ein Betrunkener war eingeliefert worden, der nicht nur voll Alkohol, sondern auch krank war und zu sterben drohte. Er, Kaspar, habe ihn mit Distraneurin »vollgepumpt«, und als das nichts nützte, habe er ihm noch eine Spritze mit Novadral »reingehauen«, es sei irre gewesen, und er habe dauernd den Oberarzt zu Hause anrufen wollen, aber er, Kaspar, sei ja nun ein ehrgeiziger Hund . . .

»Die Ärzte wissen nichts«, sagte darauf Michael Oellers. »Sie wissen nur Bescheid. Was wir von ihnen erfahren möchten, sagen sie uns nicht, weil sie es selbst nicht wissen. Man kann nichts tun, als sich den kaufen, der am besten Bescheid weiß. Aber er muß sich etwas sagen lassen können. Denn ich weiß am besten Bescheid über mich, meint ihr nicht?«

»Du hast nur Angst«, sagte Silke. »Dein ganzer Nachttisch ist voller Medikamente.«

»Das ist einfach Quatsch«, antwortete Michael. »Nur ich kann mir helfen, wenn was ist.«

Oellers' Gärtner saß still auf einem Stuhl, eine Suppentasse in der Hand. Anfangs hatte er verschämt vor sich hin und dann in die Runde gesehen: alle schauten auf ihn, er hatte einen Bonus, ein einfacher Mann, und das hier waren die Leute, die ihn förderten. Jetzt sagte er, er werde den Verdacht nicht los, daß man ihm die Mandeln herausgenommen habe, ohne daß es nötig gewesen sei.

Genau. Das wars. Dauernd kam etwas Ähnliches vor. Dabei hatten die Mandeln eine so wichtige Funktion.

Der Kamin flackerte. Trumpener fand das Gespräch interessant, aber er wußte nicht, weshalb.

»Von Kaspar kannst du lernen«, sagte Michael. »Er nimmt seinen Beruf nicht so bierernst wie du. Darum hat er auch Erfolg. Hier, unser Otto Gehring, der hat von ihm gelernt. Er ist nicht nur Gärtner, er malt auch. Oben im Flur kannst du ein Bild von ihm sehen. Du hast doch früher auch mal gemalt?«

»Das ist Jahre her. Längst vergessen«, sagte Trumpener.

»Verstehe ich nicht«, sagte Michael. »Deine Bilder waren so genau. Und du hattest Einfälle.« Er ereiferte sich: Trumpener wage nichts, er wolle es einigen spießigen Vorgesetzten recht machen, und Hildegard sei ja sehr nett, aber die Art, wie sie immer die Sofakissen gleich wieder zurechtrücke oder wie sie am Glas nippe oder sich anziehe, manchmal wie ihre eigene Patentante – egal, er wolle nicht weiter darüber reden, aber Trumpener solle durchbrechen, ausbrechen, aufbrechen, was Größeres wollen, seinetwegen was Verrücktes, einen Transvestiten lieben, aber leben, leben wie wir . . .

Trumpener fühlte sich schuldbewußt. Irgend etwas fehlte in seinem Leben, allem Anschein nach. Andererseits: was sollte denn fehlen?

»Ich lebe genau so, wie ich will«, sagte er.

Darauf griff ein freundschaftliches Schweigen um sich. Den Freund überredet man nicht.

Trumpener sah sich in seinem gegenwärtigen Leben: ein

vernünftiger Mann, dessen Zuverlässigkeit bekannt war. Ihn befriedigte es zu hören, daß er zuverlässig sei und ruhig, zufrieden, wie gesund er lebe, ohne jeden neurotischen Ehrgeiz. Trumpener schwoll vor Stolz und Glück, wenn ihm das gesagt wurde, aber sein Gesicht blieb ruhig dabei.

Es gab ein großes Hallo, als später am Abend Mike Waller erschien, ein drahtiger und schlaksiger Mensch. Sein Gesicht wirkte eigentlich still, bescheiden, aber es war etwas um seinen Mund, das an einen Kriminalkommissar erinnerte, der zur rechten Zeit alle Trümpfe auf den Tisch legt. Waller kam alle ein bis zwei Jahre nach Deutschland; mit Oellers' war er befreundet. Obwohl er außer Michael und Silke niemanden hier kannte, begrüßte er jeden mit kräftigem Händeschütteln, schaute ihm lange in die Augen, empfing jeden Namen, der ihm genannt wurde, wie eine freudige Überraschung und hielt bald lässig ein Whiskyglas in der Hand.

Mike Waller war im Investment-Geschäft tätig. Früher war er Mitarbeiter bei Bernie Cornfield, IOS, gewesen. Als er Cornfield – Mike nannte ihn nur BC – kennenlernte, glaubte er wirklich, er habe das wahre Leben gefunden. »Schon wie BC hereinkommt!« sagte Mike. »Er begrüßt jeden persönlich, und wenn noch so viele auf ihn warten, und er versichert jedem, daß er ein Idealist ist. Und er weiß für jeden das richtige Wort.«

Zu Mike Waller hatte er gesagt: »Africa is yours.« Fünfzig Prozent der Gelder wurden illegal angelegt. Das machte damals das Leben so aufregend. Mike arbeitete in Nairobi, später in Bangkok. Aber immer war BC für ihn da. Mike konnte ihn aus Saigon anrufen und hatte ihn direkt am Draht. Oft war Allan Cantor bei BC oder vertrat ihn. Und was immer für eine Sorge Mike haben mochte, man wußte eine Antwort. Mike war im elterlichen Himmel. Die Stimme am Telefon sagte: »What is the problem, Mike?«

oder »Wait an hour, I speak with Knut in Seoul, and if you can't stay there any longer, he will find work for you. Otherwise I'll ring up Billy in Dublin.« Manchmal wurde der Boden für Mike sehr rasch heiß unter den Füßen. In Nairobi eskortierte ihn die Polizei zum Flughafen: er wurde hinausgeworfen. Aber das Leben hatte Sinn. Es war wie eine Religion. Aus allen Menschen sollten Kapitalisten werden, BC dachte dabei auch an die sozialistischen Länder – und wenn es nur damit anfing, daß jeder für zwanzig Pfennige in der Woche kaufte. IOS hätte die Lösung sein können.

Trumpener hörte mit gesenktem Kopf zu. Das war es. Dieser Bursche hatte es. Es gab also Freiheit, und er, Trumpener, besaß sie nicht. Wie hätte er das immer wieder vergessen können. Immer würde ihm etwas fehlen, was die anderen besaßen. Und während er auch ein wenig darüber lächelte, daß er sich solchem Schmerz überließ, wußte er doch, daß er dieses Gefühl von Mangel niemals ganz loswerden würde. Trumpener hatte seinen traurigen Abend.

Mit Kaspar Wagner konnte er wenigstens über Autos reden. Kaspar behauptete, daß der hohe Benzinverbrauch eine Folge von Axiomen sei, von denen sich die Menschheit nicht lösen könne. Wieso müsse auf der Basis der heute erreichten Geschwindigkeiten und Beschleunigungen weitergedacht werden? Mit Motorkraft fahren sei zweifellos ein großer Fortschritt, der lange erhalten werden und an dem man sich freuen könne. Aber sei Beschleunigung so wichtig? Autos, die zwischen fünfundzwanzig und dreißig Sekunden bis Hundert brauchten, seien leichter und billiger und würden den Benzinverbrauch radikal senken. Jedermann könne innerhalb weniger Stunden einige hundert Kilometer weit kommen auch ohne benzinfressende Hochleistungsmotoren. Aber habe schon einmal jemand ernsthaft von dieser Möglichkeit gesprochen?

Nein, das wäre ja eine Gotteslästerung. Und solange die Welt aus Millionen von Idioten bestehe, die nichts, aber auch gar nichts aufgeben könnten, solange fahre er, Kaspar, eben auch seinen Alfa Romeo.

Als Kaspar schwieg, bemerkte Trumpener plötzlich, wie der kleine Chirurg aufmerksam auf Trumpeners Schoß blickte und ab und zu Trumpeners Blick suchte. Aha. Trumpener fühlte sich sehr gekränkt; etwas ähnlich Plumpes hatte er noch nie erlebt. Er begann zu gähnen, wischte sich die Augen, fuhr sich durch die Haare; er lehnte sich zurück und blickte an die Decke.

Gegen Mitternacht kam endlich Bertram Grasseck. Er setzte sich neben Silke vor den Kamin, in den Michael gelegentlich einen Holzscheit warf. »Grasseck ist der Mann von der Zeitung«, sagte Silke. Das genügte. Ein Besucher hätte auch Polarforscher oder Bundespräsident sein können; Silke hätte ihn ebenso beiläufig vorgestellt. Trumpener fiel auf, daß Grasseck niemanden zu beachten schien, sondern mit gesenktem Kopf Gedanken nachhing.

Das war also der Mann, auf den Trumpener seine geheimen Hoffnungen setzte. Grasseck sollte ihn in eine bessere Welt führen. Silke schien schon mit ihm gesprochen zu haben, denn er sagte zu Trumpener, als er einmal zufällig neben ihm stand: »Wann sehen wir uns?«

Trumpener tat überrascht. Beileibe ließ er nicht merken, daß er die ganze Zeit an nichts anderes gedacht hatte. Er antwortete nur: »Richtig, ja . . .«, und Grasseck nickte schweigend. Dann sagte er: »Wir könnten uns doch mal ein bißchen unterhalten.«

Ebensowenig ließ Trumpener merken, wie gierig er auf jedes Wort von Grasseck lauschte. Das waren Dinge, die sich die beiden schenkten. Der eine sprach davon, daß man sich ein wenig unterhalten wollte, der andere sagte, daß man das ja ruhig einmal tun könne.

Als Trumpener spät nachts nach Hause fuhr, war er in seinen Gedanken immer noch bei Grasseck. Wie sich die Welt verändert hatte, seit ihn wieder jemand zu brauchen schien. Fast schämte sich Trumpener. Grasseck blieb in seinen Gedanken und das Gefühl von Roswithas warmer Handfläche, die er zum Abschied einen Augenblick in seiner Hand gespürt hatte.

WINGENBACH hatte Trumpener Angst gemacht. Er fühlte keinen Boden mehr unter den Füßen. Angst aber war etwas, das Trumpener unter keinen Umständen aufkommen lassen wollte. Es hätte nicht zu ihm gepaßt, er lehnte es ab. Eine Situation, in der ihn eine Frau verlassen oder eine Firma entlassen wollte, hatte er bisher vermeiden können; eine Frau und einen Job muß man immer in Reserve haben. Das hätte Trumpener zwar nie laut gesagt, denn es wäre ihm dumm vorgekommen, aber es war seine Meinung.

Gottseidank stand jetzt Grasseck zwischen ihm und der Angst.

Grasseck empfing ihn am vereinbarten Tag in seinem Redaktionszimmer. Das erste, was Trumpener beeindruckte, waren Grassecks Rollkragenpullover und Wildlederjacke. Der Rollkragenpullover war schwarz, die Wildlederjacke abgeschabt. Grasseck stand gleich auf und goß aus einer Warmhaltekanne zwei Tassen Kaffee ein. Das war es also. Ein Mann steht von seinem Schreibtisch auf und schenkt Kaffee ein, wendet sich ihm, Trumpener, zu, spricht mit munterer und leichtfertig gelassener Stimme über das Wetter – ein Mensch offensichtlich, der ohne Angst lebte. Wenn Trumpener sich ganz genau gefragt hätte, was er in seinem Beruf suchte, dann wäre die Antwort gewesen: ohne Angst leben.

Aber Trumpener war auch darin geübt, etwas gegen Illusionen zu tun. Rasch fragte er sich, wen Grasseck wohl fürchten müsse, was ihn enttäuschen, wie er seiner Frau gegenübertreten würde, was er hoffte und ob er ab und zu einmal daran dachte, daß am Ende von allem Krankheit und Tod stehen. Mit Hilfe solcher Fragen hatte Trumpener das Gleichgewicht gefunden, das ihn allen Leuten so bayerisch und ruhig erscheinen ließ.

Das Nachdenken hatte Trumpener beruhigt. Grasseck war entweder die große Ausnahme, oder er tat so, als ob er es sei. Vermutlich bildete er sich ein, er sei kein Angestellter. Er war aber angestellt, bei dieser Zeitung.

Hinter seinem Schreibtisch entwarf Grasseck das Bild einer zukünftigen, großartigen Kulturlandschaft. Es komme darauf an, dieser Stadt endlich ein kulturelles Image zu geben, die Originalität gegen jene Art von Show zu setzen, wie sie beispielsweise in Frankfurt und Nürnberg betrieben werde. Heimatliches, verbunden mit Intellektualität solle deshalb in die Veranstaltungen und auf die Bretter. Kongresse müßten in die Stadt gezogen werden, das Vorhandene, zum Beispiel der Botanische Garten, die Kulturhalle sollten ein neues Gesicht erhalten und neue Besucherschichten finden. Besonders komme es darauf an, durch die Kulturhalle frischen Wind wehen zu lassen. Nicht immer dieselben langweiligen Operetten-Tournee-Theater. Es gelte, Akzente zu setzen. Er, Grasseck, sei immer nur an einer Aufgabe interessiert, wenn man dabei etwas verändern könne. Wenn das geschehen sei und man nur noch verwalten müsse, interessiere es ihn nicht mehr. Auch Kulturreferent werde er nicht ewig bleiben. Fünf Jahre habe er sich gesetzt, aber dann solle auch etwas im Raum stehen. Und was Trumpeners Eignung betreffe, die stehe wohl fest. Sie sei durch Michael und Silke Oellers, Menschen, denen er, Grasseck, vertraue, bezeugt. Trumpener sei ein musischer, ein interessierter und befähigter Mensch mit organisatorischen Fähigkeiten. Nun müsse das Kind aber einen Namen haben, mit anderen Worten: Trumpener müsse ja eine bestimmte Stelle ausfüllen. Was denke er zum Beispiel über die Besucherorganisation für die Kulturhalle? Da gebe es ganz verschiedene Besucherkreise, manche fürs Theater, manche für Konzerte, manche für Vorträge. Das sei doch eine reizvolle Aufgabe! Und das Entscheidende dabei sei, die Besucherzahlen zu steigern, denn nichts imponiere Stadträten so sehr wie Zahlen, vor allen Dingen Besucherzahlen. Da sei viel Vorarbeit zu leisten. Möglicherweise müsse Trumpener Werbung in Schulen treiben. Malerisch sei er ja auch begabt, habe er, Grasseck gehört. Trumpener könne durchaus als Anreger tätig sein für Graphiker, die alles um- und neugestalten sollten, was schriftlich, in Form von Broschüren, über die Kultur veröffentlicht werden müsse. Eine solche Aufgabe müsse ihn doch reizen.

Trumpener schrak zusammen. Das natürlich, unbedingt, überhaupt, gerade. Aber Grasseck müsse verstehen, jetzt sehe er, Trumpener, erst richtig deutlich vor sich, was er machen solle. Jetzt erst könne er sich ein klares Bild machen, und ein klares Bild brauche man ja. Wie gesagt, er finde das alles schon interessant, sogar sehr. Jetzt müsse er nur noch einmal überlegen. Er werde einfach ein paar Zeilen schreiben, damit Herr Grasseck wisse, wann er mit ihm rechnen könne.

Er müsse aber noch erfahren, wie hoch sein Gehalt sei, sagte Grasseck. Es gehe nach BAT.

Natürlich will Trumpener das wissen. Es war viel weniger, als er bei Hansa McBrinn verdiente. Danke. Sonst liege ihm ja nicht viel an Geld, aber ein gewisses Minimum brauche man einfach, sagte er beiläufig.

Grasseck, der den ganzen Tag damit verbrachte, zu denken, hatte über Trumpener nicht einen Augenblick nachgedacht. Er war freundlich, ein wenig komplizenhaft, fast herzlich, ohne zu wissen, wer da vor ihm saß. Vielleicht kümmerte er sich um Trumpener nur Silke Oellers zuliebe, vielleicht interessierte es ihn, eines Tages zu erfahren, was Trumpener bei Oellers' über ihn erzählen würde.

Trumpener merkte noch nicht, daß er sich auf dem Rückzug befand. Es wurde ihm erst deutlicher, als er in der Nähe des Marktes in einem kleinen Café an einem winzigen Tisch Kakao trank und Käsekuchen aß.

Das war es also: immer dasselbe. Überall Büros, überall Vorgesetzte, überall eine ganz bestimmte Arbeit, an der man gemessen wird, auch wenn man einen schwarzen Rollkragen und eine Lederjacke trägt. Ganz simple Arbeitseigenschaften werden verlangt: Bienenfleiß, Genauigkeit, die Bereitschaft, abends noch Verhandlungen zu führen und darüber Protokolle auszufertigen. Es muß gründlich vorbereitet sein, alle Details.

Trumpener war sicher, daß diese Arbeit auf die Dauer nicht interessanter gewesen wäre als seine eigene jetzt. Wieder wäre er mit einer Unmenge von Details belästigt worden, und gerade darüber wollte er ja hinauswachsen.

Trumpener war ein zu verstockter Bayer, als daß er Reue über seine fünfunddreißig Jahre alten Träume empfunden hätte. Es ging ihm nicht einmal auf, daß andere Träume morgen oder übermorgen wiederkommen würden: die Vorstellung nämlich, daß ein großes, mächtiges, kraftvolles Leben möglich sei, eines, in dem sozusagen andere dafür sorgten, daß man selbst kraftvoll sein konnte. Komm, dich meinen wir. Wir brauchen dich: das hätte Trumpener immer wieder gern gehört.

Für heute hatte Trumpener diese Träume begraben. Das war ein merkwürdiges Gefühl. Kuchen und Kakao schmeckten auf einmal so gut, seinen Körper empfand er so frisch und lebendig, als ob er neu auf die Welt gekommen sei. Er hätte sich gewünscht, daß es immer so bliebe.

ALS TRUMPENER zu Hildegard sagte, daß es nun soweit sei, er müsse morgen nach München zum Datenverarbeitungs-Lehrgang, antwortete sie: »Ach so?«

Trumpener fallen solche Vorkommnisse ja erst nach Wochen wieder ein. Auf einmal erinnerte er sich, daß Hildegard diese zwei Worte so betont hatte, weil sie nicht den Eindruck von Gleichgültigkeit erwecken wollte. Das waren eben so die kleinen Eigenheiten, für die sie nichts konnte.

Ihre Fürsorge merkte Trumpener daran, daß er einen fast gepackten Koffer vorfand, als er vom Kiosk zurückkam, wo er sich die Zeitung und einige Auto-Zeitschriften besorgt hatte. Säuberlich gefaltet, fast wie im Geschenk-karton, lag die Unterwäsche im Koffer, dazu die Handtücher, die Hemden, die Schlipse. Da war alles, was Hildegard bekannt war als notwendig für eine Männerreise. Natürlich hatte sie nicht an die Meerschaumpfeife gedacht, nicht an einen vernünftigen Kriminalroman – alles Dinge, für die er seufzend nunmehr selber die Verantwortung übernahm.

Trumpener wäre gern fröhlich abgereist. Danach war die Situation nun nicht mehr. Er wußte nicht, woran er mit Wingenbach war. Abreisen ist etwas Belastendes, wenn etwas nicht ganz in Ordnung zu sein scheint. Aber mit Hildegard schien alles in Ordnung zu sein. Sie ging mit ihm hinunter auf die Straße zum Auto und winkte ihm nach.

NACH DER ANKUNFT in München wollte Trumpener Hildegard gleich anrufen. Das Zimmer, das Hansa McBrinn für ihn im »Heidelberger Hof« reserviert hatte, erschreckte ihn aber so sehr, daß er den Anruf vergaß.

Ohne das Schild neben der Tür hätte Trumpener das Hotel für ein Mietshaus gehalten. Nach längerem Schellen kam ein älterer Mann in weißer Kellnerjacke heraus, die Nachtwache.

Ja, das Zimmer sei reserviert. Ob der Herr noch ausgehen wolle? Dann könne der Herr seine Koffer am Empfang abstellen. Ja, Frühstück gebe es hier.

Vom Empfang blickte Trumpener in eine unordentliche Gaststube. Strickzeug lag auf dem Tisch, der Nachtportier strickte doch wohl nicht, Zeitungen, Zigaretten; daneben stand ein Schnapsglas.

Trumpener stieg eine ächzende, ausgetretene Treppe hinauf. Die gekälkten Wände waren ausgebeult, die Korbstühle, die Türrahmen verzogen. Das Haus war bestimmt hundert Jahre alt. Wie eine Gesindekammer, dachte Trumpener, als er in sein Zimmer trat.

Er zog die Schuhe aus; in Pantoffeln schlurfte er hinaus zum Klosett. Ein großer, freundlich wedelnder Hund kam ihm entgegen. Trumpener blieb stehen und besah sich ein Aquarell an der Wand, das eine Kirche und ein Dorf in einer hügeligen Landschaft zeigte, vielleicht Schwäbische Alb. Er sah das Bild nicht besonders gerne an, aber er hatte das Gefühl, daß man sich Bilder ansehen mußte, wenn sie schon einmal dahingen. Gleichzeitig hatte er andere Empfindungen: daß sein rechter Fuß jeden Augenblick wegrutschen konnte, daß der Boden darunter nachgab, daß der Gang von Gestank erfüllt war. Da entdeckte er auch schon einen formvollendet gerundeten, weichen Haufen, mittelbraun, den der Hund hinterlassen hatte. Trumpener zog mit verzerrtem Gesicht den rechten Pantoffel vom Fuß und hinkte wütend in sein Zimmer zurück. Dort versuchte er, den Pantoffel im Waschbecken zu säubern.

Am nächsten Morgen brachte der Nachtportier das Frühstück auf einer klebrigen Platte an den Tisch. Ja, der Hund. Sowas. Er, der Portier, habe der Wirtin schon oft gesagt, daß der Hund nicht frei herumlaufen dürfe. Aber sie lasse sich ja nichts sagen.

Das nächste Mal soll jemand anders fahren, dachte Trumpener, während er die Marmelade verstrich. Er kam sich unbedeutend, erbärmlich und vernachlässigt vor.

DER LEHRGANG fand im Konferenzraum des Hotels Makkensen statt; Trumpener war unzufrieden. Der Kursleiter, ein Herr Schneider im uniblauen Anzug, weißen Hemd, mit roter Krawatte, hatte eine eitle und zugleich anbiedernde Art. Fast alles, was er vortrug, kannte Trumpener längst. Vermutlich merkte dieser Herr Schneider nicht einmal, wer unter seinen Zuhörern etwas begriff und wer nicht. Trumpener war es persönlich schließlich auch egal, daß Herr Schneider keine achtungsvolle Überraschung, kein erkennendes Lächeln gezeigt hatte, als Trumpener sich vorstellte: »Trumpener von Hansa McBrinn.«

Mit Leni Mühlacker hatte er nur wenige Worte gewechselt. Sie war dauernd beschäftigt mit anderen Leuten. Man werde ja noch zum Reden kommen, sagte sie und zwinkerte Trumpener dabei zu, heute sei sie mit einem schwedischen Ehepaar verabredet, das sie vom Urlaub kenne.

Spätnachmittags allein im Hotel überlegte Trumpener, ob er seinen Vater in Schongau anrufen solle. Aber das hatte wohl noch Zeit. Wenn Trumpener abwartete, würde es mit dem Husten vielleicht immer besser, und er mußte nicht nach Schongau fahren. Er fand jetzt, daß es genügen würde, wenn Hildegard und er auf der Urlaubsreise nach Italien in Schongau vorbeifuhren.

Freilich, das Grab seiner Mutter in Schongau hätte er gern wieder besucht. Er ging jedesmal auf den Friedhof, wenn er in Schongau war. Denn Friedhöfe sind heiter. Niemandem tut etwas weh. Eigentlich konnte man immer sagen, es war gut, daß jemand gestorben ist.

Seine Mutter sah Trumpener immer gebückt nähend vor sich. Trotzdem war sie nicht nur kummervoll gewesen, sondern auch heiter, geschwätzig, naschhaft, gesellig, hungrig auf Kino und kleine Fahrten zu den Verwandten in Peissenberg, Kempten und Landshut. Sie war die Beste in der Volksschule, sogar Englisch hatte sie gelernt. Dann mußte sie eben in die Lehre als Verkäuferin. Trotzdem las sie Goethe, Sudermann, »Die Biene Maja«, Josef Ponten und Ricarda Huch. Natürlich war sie seinem Vater zu arm gewesen. Klar, dachte Trumpener grimmig, er hätte gern was Besseres gehabt. Trotzdem hatte die Mutter immer gesagt, anständig sei sein Vater.

In diesem Zusammenhang fiel Trumpener Onkel Franz, der Bruder seiner Mutter, ein. Zu Hause hatte Trumpener noch zu Hildegard gesagt, wenn er abends in München nicht zu müde sei, werde er Onkel Franz besuchen, vielleicht gegen Ende des Lehrgangs, ein Höflichkeitsbesuch. Natürlich wird Onkel Franz wieder betrunken sein und Trumpener ab und zu mit verlegenem Blick streifen. Dies alles schreckte Trumpener nicht ab. Er wird Onkel Franz schon heute besuchen. Er verließ das Hotel und stieg in die Straßenbahn zur Theodorstraße; er spürte sogar Spannung. Es ist die Langeweile, sagte er sich.

ONKEL FRANZ sah aus dem Fenster, als Trumpener die Theodorstraße heraufkam. Onkel Franz sah auch Trumpener, erkannte ihn aber nicht. Trumpener schellte am Haus und stieg die Treppe hinauf. Es roch nach Bohnerwachs wie im dämmrigen Treppenhaus der Großmutter in Augsburg. Dort hatte Großvater bei MAN gearbeitet, jeden Tag zwölf Stunden, auch samstags. Armut war selbstverständlich gewesen. Aber wie Trumpener sich die Familie seiner Mutter vorstellte – wie sie Suppe mit Brot und Kümmel darin löffelten, wie die Sonne auf den aschgrauen Putz des Hauses sengte, wie Schritte auf den Steinfliesen im Flur klangen, wie Großvater im Gewölbe seiner Kneipe kartelte, Arbeiten, Karteln, Schlafen, dann wieder Arbeiten, Karteln, Schlafen, wie Großmutter im Schrebergarten hinter dem Mietshaus Zwiebeln ausgrub – niemand hatte Angst, daß die Zeit verging. Zeit war immer da. Sie brachte zwar nichts ein, sie nahm zwar unmerklich ab, aber sie verhielt sich still. Ehe sie das Leben wegnahm, war sie im Überfluß da.

»Ja, sowas«, sagte Onkel Franz, als er Trumpener erkannte, »damit hätt ich net gerechnet.«

Während er voraus ins Wohnzimmer ging, ließ er weitere Bemerkungen über das unerwartete Kommen von Trumpener und über sein eigenes Erstaunen folgen. Er sprach in einem leisen Singsang; Erstaunen war in seinen Worten, nicht in seiner Stimme.

Ob Schorsch Bier haben wolle?

Nein, Trumpener wollte Sprudel.

»Da schau her, Sprudel.«

Onkel Franz schlurfte gehorsam in die Küche und holte Sprudel. Kaum saß er wieder im Wohnzimmer, da fiel ihm ein, daß seine beiden Wellensittiche Hunger haben könnten. Trumpener ging mit in die Küche. Dort kaute Onkel Franz etwas Brot, lockte die Vögel aus dem geöffneten Käfig, sperrte den Mund auf und ließ sich das Futter von den Zähnen und von der Zungenspitze picken. Dazwischen redete er mit den Vögeln: Das sei schön, net, und jetzt seien sie sicher zufrieden, ja, und er vergesse sie doch net, auf den Gedanken sollten sie doch ja net kommen. Trumpener schaute angeekelt zu.

Der Ekel verließ ihn auch nicht, als sie wieder im Wohnzimmer saßen und Onkel Franz eine neue Bierflasche öffnete – die achte heute, gestand er. Außerdem rauche er schon die vierzigste Zigarette.

»Weil mir sonst langweilig ist«, sagte er. »Die Gundel ist putzen gegangen, bei ihrem Zahnarzt, sie kommt gleich, in einer halben Stunde, aber dann wird es bald Zeit, auf Nachtschicht zu gehen.«

»Wie oft hast du Nachtschicht?« fragte Trumpener.

»Fünfmal die Woche. Schon immer.«

In der Fabrik, in der er arbeitete, wurden Aluminiumronden gestanzt. Onkel Franz war Maschineneinsteller. Er mußte die Stanzwerkzeuge einsetzen, überholen und Störungen an den Pressen beheben. Gleich von Anfang an war er zur Nachtschicht eingeteilt worden. Erst gefiel es ihm nicht, heute war es ihm egal. Er hatte sich daran gewöhnt. In den ersten Jahren nach dem Kriege hatte er sich nichts zu sagen getraut. Er hatte keine Lehre gemacht und war froh, daß er diesen Posten hatte. Dann ging es besser mit Arbeitsstellen, man konnte auch schon einmal ein Wort riskieren. Aber er, Franz, sei doch nicht dumm, er sehe voraus. So gut werde es nicht immer gehen. Also halte er den Mund und gehe weiter auf Nachtschicht. Und jetzt werde er ja schon bald pensioniert. Die Zeit halte er auch noch aus. Nein, in Ferien sei er nie gefahren. Wer hätte sich dann um die Wellensittiche gekümmert? Nein, weggeben wolle er sie nicht, bloß um irgendwo hinfahren zu können. Was würden die Tierchen dann wohl denken?

Das ständige Rauchen und Trinken hatte bei Onkel Franz zu einem Tick geführt. Wenn er gerade nicht rauchte oder trank oder besser: das Glas für einige Minuten stehenließ und eine halbe Minute nicht an der Zigarette zog, dann saugte er seitlich die Unterlippe mit einem schlürfenden Laut nach innen. Trumpener blickte ihn durchbohrend dabei an, aber Onkel Franz schien nichts zu bemerken.

Ein Glück, daß er seine Frau Gundel hatte. Die Wohnung nämlich war blitzsauber, kein Staub auf dem dünnbeinigen Rauchtisch mit schwarzer Plastikplatte und Messingrand, nichts lag herum außer Bier und Zigaretten. Das Haus verließ Onkel Franz nur, um in die Wirtschaft zu gehen. Er ging zu keiner Veranstaltung, nicht spazieren, besuchte niemanden, kaufte nichts – außer Bier und Zigaretten natürlich.

Onkel Franz stellte Fragen: Ob Hildegard gesund sei, was Schorsch in München mache. Trumpener merkte bald, daß Onkel Franz nur solche Fragen stellte, die angenehm und leicht zu beantworten waren. Er wollte wissen, wie man wohne, ob man sein Auskommen habe und zufrieden sei. Vor allem vermied er jede Frage, auf die Trumpener mit Informationen über seine verantwortungsvolle Arbeit, über seine sorgfältig ausgewählte Wohnungseinrichtung, über seine Bekanntschaft mit interessanten Leuten hätte antworten können. Onkel Franz interessierte sich für nichts. Seine Hand zitterte ein wenig beim Einschenken, seine Fingerspitzen waren braun vom Tabaksqualm, seine Augen trüb.

Schließlich brach es aus Trumpener heraus. Wie habe es nur so weit kommen können! Es müsse doch nicht sein! Was für ein sensibler, tüchtiger Mensch sei Trumpeners Mutter dagegen gewesen, immerhin die Schwester von Onkel Franz. Daran sehe man ja, daß es nicht an der Familie liegen könne. Warum gehe Onkel Franz nicht spazieren, warum treibe er keinen Sport? Der Mensch müsse doch irgendwie über sich hinauskommen. Seine, Trumpeners, Mutter habe erzählt, daß Onkel Franz als junger Mann Gitarre gespielt und seltene Steine gesammelt habe. Könne er nicht zurückdenken an den jungen Mann, der er einmal gewesen sei, an seine Hoffnungen und Pläne? Auch jetzt sei es nicht zu spät. Eine Minute könne Jahrzehnte eines verschlampten Lebens ausgleichen – wenn diese Minute komme. Dazu müsse man aber etwas tun,

Während Trumpener sprach, starrte Onkel Franz ergeben vor sich hin. Manchmal, wie unter unerträglicher Spannung, griff er nach der Zeitung auf dem Tisch und faltete sie noch schöner zusammen als vorher geschehen.

»Ja«, sagte er schließlich, »dann mach ich für uns mal einen Kaffee, wenn du schon kein Bier magst. Sowas. Mag kein Bier.«

Als er mit Kaffee und Marmorkuchen aus der Küche zurückkam, war Trumpener schweigsam geworden. Er fühlte, daß er jetzt still sein müsse. Vielleicht wirkten seine Worte bei Onkel Franz nach; vielleicht war der falsche Eindruck entstanden, Trumpener habe in einem Anfall von begeisterter Selbstüberhebung gesprochen. Nachdenklich blickte er vor sich hin.

Onkel Franz tunkte den Kuchen in den Kaffee; dann hielt er die Hand unter den Kuchen, damit keine Krümel in den Kaffee fallen konnten.

»Da«, sagte er, »schon wieder so eine Mücke. Ganz bringst die nie raus aus der Wohnung.«

»Wenn du erst mal einfach mehr schlafen würdest«, sagte Trumpener vorsichtig. »Dann tätest du vielleicht weniger rauchen und trinken, sozusagen automatisch.«

»Ich schlaf doch schon andauernd«, sagte Onkel Franz. »Aber dann wach ich auf, schon um schiffen zu gehen, und bei der Gelegenheit, da rauch ich halt eine und trink eine Flasche Bier. Es ist halt meine einzige Freud.«

»Und was sagt deine Gundel dazu?« fragte Trumpener. Onkel Franz blickte in seinen Kaffee. Die Zigarette blieb eine Weile unbewegt, ihr Rauch drehte sich gelassen nach oben.

»Die ist ja schuld«, sagte Onkel Franz dann.

Tante Gundel hatte es angeblich mit anderen Männern. Früher war sie Bedienerin gewesen in Wirtschaften; jetzt ging sie putzen bei ihrem Zahnarzt und nur manchmal noch Bedienen, wenn viel Betrieb beim Angerer war. Dort habe ihr, sagte Onkel Franz, einer vertraut über den Hintern gestrichen. Einmal war sie abends für zwei Stunden weg ohne zureichende Erklärung, in der Wirtschaft habe ihm, Franz, einer einen Hinweis gegeben. Wenn er sie zur Rede stelle, werde sie aufsässig. »Was ich da gemacht hab?« hätte sie gesagt. »Einen Geschlechtsverkehr, klar. Das willst doch hören.«

Das mache ihn verrückt. Er könne nicht herausbringen, ob sie wirklich was mit anderen Männern habe, aber es sei doch sonnenklar. Nein, nein, es gebe keine Zweifel. Sowas wisse man.

Warum er dann mit ihr zusammenbleibe? fragte Trumpener.

Das wußte Onkel Franz auch nicht.

Also sei es doch nicht klar?

Doch. Sonst würde er, Franz, ja nicht trinken. Was solle ein Mann in seiner Lage anderes tun! Er finde, wenn man seine Situation genau betrachte, daß er das einzig Richtige tue.

Dann kam Tante Gundel vom Putzen. Sie war gleichmütig, freundlich und überrascht und sagte, daß man Schorsch auch noch den anderen Kuchen hätte vorsetzen müssen. Tante Gundel war etwa fünfzig, füllig und vermittelte einen Eindruck von ruhiger Harmlosigkeit. Wenn sie nicht harmlos ist, dachte Trumpener, dann ist es wie auf Verbrecherbildern: je teuflischer das Verbrechen, desto harmloser sieht der Täter aus.

Onkel Franz zog im Flur Schuhe und Jacke an und kam

wieder ins Wohnzimmer. Mit seinem farbig gewürfelten Hemd und dem ledernen Gesicht sah er wie ein Sportler aus und nicht wie ein Trinker. Tante Gundel brachte ihm die Aktentasche mit Verpflegung für die Nacht. Onkel Franz öffnete sie noch einmal und steckte einige Bierflaschen hinein.

»Sieht man dich noch mal, bevor du fährst?« fragte er.

»Ich weiß nicht«, antwortete Trumpener. »Der Lehrgang geht ja jetzt erst richtig los. Vielleicht muß ich abends was tun.«

»Schaust halt mal«, sagte Onkel Franz. Zu Tante Gundel sagte er nur: »Also.«

Dann ging Onkel Franz zu seiner Arbeit.

Tante Gundel setzte sich zu Trumpener und fragte ihn nach dem Nötigsten: Frau, Wohnung, Arbeit – genau wie Onkel Franz es vorher getan hatte.

»Na, habt ihr geredet?« sagte sie dann. »Viel wird der Franz ja net gesagt haben. Er ist ja immer im Tran.«

»Es ging«, antwortete Trumpener. »Man konnte schon über alles mit ihm reden.«

»Freilich«, sagte Tante Gundel. »Er ist ja mittlerweil dran gewöhnt. Was er redet, ist net so schlimm – aber was er denkt oder was er sich einredet. Und sagen läßt er sich überhaupt nix. Er gibt ja das halbe Geld für sein Bier und seine Zigaretten aus.«

»Warum habt ihr eigentlich geheiratet?« fragte Trumpener.

»Warum ich geheiratet hab? Der Franz war grad ein Jahr geschieden, da hab ich ihn beim Angerer kennengelernt. Damals hat er ganz vernünftig dahergeredet. Hat net so rumgeschrien und so rumgemacht wie die anderen Mannsbilder. Und jetzt hast du aber Hunger.«

Sie verschwand in der Küche; gleich darauf kam sie noch einmal zurück und stellte eine Flasche Wein auf den Tisch. Während Trumpener am ersten Glas nippte, tauchte in seinen Gedanken Onkel Franz auf: in der Dämmerung ging er an einer endlosen, rötlichen Fabrikmauer entlang. Trumpener fühlte, daß Onkel Franz verwundet worden war, der Spieß der Wahrheit steckte in seinem Rücken. Es war seine, Trumpeners Wahrheit. Sie trifft wie ein Blitz, jemand wehrt sich, aber er sinkt seufzend auf die Bahre, auf die ihn filzgraue Rotkreuzmänner betten. Er kann nicht leben mit der Wahrheit, die ihn geblendet hat. Er ist Trumpener begegnet, der ihm an einem Kreuzweg seines Lebens entgegengetreten ist. Trumpener treffen bedeutet den Tod. Trumpener steht am Kreuzweg, ruhig, aber mit großem Ernst.

Später servierte Tante Gundel Knödel, Fleisch und Soße. In der Soße glitzerten Fettaugen, sie roch würzig. An der Wand hingen die Gefalteten Hände und der Hase von Dürer. Ein Dackel mit beweglichem Kopf stand auf der Anrichte; in der Glasvitrine lag eine Fernsehzeitschrift neben hölzernen Untersätzen.

Tante Gundel kreuzte die Arme unter dem starken Busen, lehnte sich zurück und sagte: »Jetzt iß auch.« Während Trumpener aß, saß sie da mit gleichgültigem, molligem, von braunem Haar umrahmten Puppengesicht und schien ihm eines vorauszuhaben: sie kannte keine Eile.

Für sie war Trumpener zuallererst einmal jemand, der daheim berichten würde, wie sie kochte und wie er bei ihr aufgenommen worden war. Er gehörte zur Familie. Sie hatte in diese Familie hineingeheiratet. Sie hatte sich ein Leben lang zu bewähren, wie heruntergekommen Franz auch war. Sie horchte in sich hinein, ob sie endlich sagen könne, was sie schon lange sagen wollte; dann faßte sie sich ein Herz.

»Ich hab gedacht, du willst gar nicht zu uns kommen. Nachdem du Tante Hedwig geschrieben hast, wie du über Franz denkst.«

»Geschrieben? Über Onkel Franz? An Tante Hedwig?«
fragte Trumpener.

Er tat so, als denke er nach. Richtig, da sei eine Anmerkung
gewesen, ganz allgemein aber, etwa so: Trinker seien
schon krank, bevor sie Trinker würden, seelisch krank,
versteht sich. Aber damit habe er doch nicht Onkel Franz
gemeint! Er, Trumpener, wisse ja nicht einmal, wieviel
Onkel Franz trinke. Und außerdem gehe das ihn nichts
an.

Da saß Trumpener und fühlte Druck in sich hochsteigen,
von der Brust ins Gehirn. Er wird als Schwätzer und
Ankläger entlarvt, als ein aufgeblasener Richter, der den
Mund voll nimmt, wenn es die Betroffenen nicht hören.
Nur Ruhe. Solche Augenblicke, in denen er eine durch
nichts gerechtfertigte Erregung fühlt, hat er schon öfters
erfolgreich gemeistert.

Aber Tante Gundel sagte nur: »Hast ja recht. Er trinkt
seine zehn, zwölf Fläschle Bier am Tag. Außerdem macht
er mich ganz irr mit seiner Eifersucht, obwohl nichts
gewesen ist, sozusagen fast nichts. Ich bin aber nicht
verrückt und geh weg, jetzt, wo er bald die Rente bekommt. Da wär ich ja schön dumm.«

Trumpener spürte Erleichterung. Niemand hatte ihn hin-
abgestürzt in den Sumpf der Minderwertigkeit, den er
schon hatte glitzern sehen. Immer wieder hatte er diese
Angst.

»Trotzdem, anständig ist er schon, in dem Sinn«, sagte
Tante Gundel noch. »Er tät nie einen Kollegen reinreißen
oder was Falsches sagen.«

WÄHREND DER HEIMFAHRT mit der Tram zum Hotel stellte sich Trumpener vor, wie Tante Gundel den Tag zur Ruhe bringt. Sie wird das Geschirr abräumen und spülen, eine Ansichtskarte aus Alt-Ötting ansehen, die vielleicht ihre Cousine geschickt hat; später wird Tante Gundel im Unterrock in dem weißmöblierten Schlafzimmer mit Elfenbild und der Nähmaschine neben dem Kleiderschrank stehen und vielleicht an einen Mann denken, der ihr zuliebe in die Wirtschaft kommt, in der sie manchmal bedient. Er ist auf der Jagd nach kleinen Berührungen, ist froh, wenn sich Tante Gundel mit der Hüfte an ihn lehnt: ein häufiges, schlaffes, ermüdendes Aufwallen von Gier.

Dann stand Trumpener in seinem Hotelzimmer. Am Messinghaken an der Tür lauerte abenteuerlustig der kleine, modisch gezähmte Jägerhut; bei heißem Wetter wollte ihn Trumpener aber nicht tragen.

Nun, da ihn nichts als angenehme Empfindungen erwarteten, die Verwandlung in einen nach Wasser und Seife duftenden Leib, das wohlige Hinauszögern des Schlafs: nun reckte sich der wahre Geist Georg Trumpeners empor. Er entschritt der wackligen Plastikkabine, in der die Zimmerdusche untergebracht war, fühlte sich riesengroß, durchbrach alle Dimensionen. Er war nicht nur Mensch mit Kopf, Armen und Beinen, nicht nur Trumpener mit buschigen schwarzen Augenbrauen, mit dem schnellen, blauen Erobererblick, nicht nur das einladend aufgeschlagene Bett, nicht nur die Nacht hinter dem Fenster, nicht nur eine leicht zu entlarvende Vorstellung von Trumpener als Supermanager, er war alles zugleich: von wohliger frischer Haut, Weltregiment mit Gerechtigkeit, Tyrannenmörder unter Laurins Mantel, am Boden liegt Chiles Obergeneral und ein blutiger Dolch daneben, der unsichtbare Mörder – Luft, nichts als Luft – schlendert davon, und Leni Mühlacker tritt ins Zimmer, umschlingt mit einer Hand seinen Nacken, seufzt wohlig auf und greift mit der

73

freien Hand zwischen seine Schenkel. Trumpeners Geist aber sitzt mit tiefruhigem, gebräuntem Gesicht auf der Reling seines Kajütenbootes und raucht Pfeife. Die Zeit des schwelenden Unbehagens war vorbei.

Ins Bett gekrochen, fiel Trumpener ein, daß er Hildegard nicht angerufen hatte. Er wollte es morgen früh vor dem Frühstück tun. Er überlegte, in welchem von drei mitgebrachten Büchern er lesen sollte; dann entschied er sich für die Abendzeitung. Nach wenigen Minuten merkte er, daß er auch dabei das Gefühl hatte, etwas zu versäumen. Er knipste das Licht aus, verschränkte die Arme hinter dem Kopf und dachte an Leni Mühlacker: wieder stand sie vor ihm mit einem Lächeln, das nichts verriet und doch genau Bescheid wußte.

Leni Mühlacker war früher bei Hansa McBrinn in der Buchhaltung gewesen; heute arbeitete sie in einer Transportmittelfabrik in Mülheim/Ruhr. Sie hatte natürlich keine Ahnung, daß Trumpener so intensiv an sie dachte. Sie saß in ihrem Hotelzimmer auf dem Bett, überlegte, was sie am kommenden Tag anziehen könnte, stimmte in Gedanken die Farben ab und freute sich darüber, daß sie morgen nicht ins Büro mußte. Es hatte eine Unterbrechung gegeben, sie war zu diesem Lehrgang gefahren, und wo es Unterbrechungen gab, konnten Richtungsänderungen folgen. Ihr Mann fiel ihr ein, vor zwei Jahren hatte sie sich scheiden lassen, weil er trank und sogar zuschlug. Leni Mühlacker dachte, daß es ihm noch heute unmäßig leid tun mußte, und außerdem verstand sie nicht, wie er so roh hatte sein können, denn sie war ein leiser Typ mit einer – wie sie fand – außerordentlich sanften Stimme. Sie haßte alles Laute, jede Erwähnung egoistischer Motive; sie wollte, daß man gut zu ihr war, und sie war bereit, sich entsprechend zu verhalten. War lange niemand gut zu ihr, wurde sie unruhig.

Trumpener fand Ruhe zum Einschlafen erst, als er an

Tante Margret dachte, die Schwester seiner Mutter, die Schwester von Onkel Franz. Sie hatte mit ihrem Mann lange in Nürnberg gelebt und von dort ihre fränkischen Kenntnisse mitgebracht: Saure Lunge, Kutteln, geröstete Klöße, Schwemmklöße, Schweinebraten mit Kümmel in der Soße, geröstete Brotstücke im Herzen von Kartoffel-klößen, Wecken zum Eintauchen in riesige Kaffeetassen. Sie achtete auf Trumpeners Kleidung, seine Handtücher, seine Fingernägel, auf die Härchen, die ihm aus den Ohren wuchsen, auf die Hefte, in die er schrieb. Was man an Trumpener nicht sehen oder anfassen konnte, verstand sie nicht. Er schien aber alles richtig zu machen und wurde dafür durch pausenlose Fürsorge belohnt: Verwöhnung bis in Magenhöhe, der Kopf ragte kühn in die Wolken. Einmal war Trumpener mit Tante Margret zu einem Waldcafé spaziert; unterwegs zog er seine Wolljacke aus, weil es ihm zu warm wurde. Die mollige alte Frau, die munter neben ihm herwatschelte, bot ihm diensteifrig an, die Jacke zu tragen, weil sie ihm vielleicht lästig wurde: waren das schöne Tage.

Nunmehr endgültig in den Schlaf sinkend, sah Trumpener für einen Augenblick eine große blaue Stadt mit goldenen Lichtern vor sich und vielen freundlichen Gesichtern, die ihm zugewandt waren. Irgendwie standen alle in Bereit-schaft für ihn.

TRUMPENER hatte den Wecker großzügig gestellt, darum hatte er noch Zeit. Er schaltete das Transistorradio ein und wurde gleich an seinen Vater erinnert. Das Radio spielte nämlich die »Mühle im Schwarzwald«, so lustig, munter und forsch, daß es schon wieder trocken klang. Immerhin war es die Lieblingsmelodie seines Vaters. Der besaß ein altes Grammophon und vier Platten, den »Kaiserwalzer«, die »Mühle im Schwarzwald«, »Gern hab ich die Fraun geküßt«, »Parlez-moi d'amour«. Wenn die »Mühle im Schwarzwald« klapperte, blickte er stolz zu Trumpener, bewegte die Hände im Takt und lächelte verschämtglücklich, als sei er der Komponist dieser mitreißenden Musik.

Während sich Trumpener rasierte, begannen die Nachrichten. Schon wieder eine Geiselnahme. Trumpener starrte auf das Radio, das er auf die zugedeckte Klobrille gestellt hatte. Das gab es also: Gesichter, die einen anstarren und das Unglaubliche sagen, die Mündungen von Maschinenpistolen, die auf Trumpener gerichtet sind. Die Erscheinung von komfortablen Hotelhallen, schnittigen Autos, ferienfröhlichen Biergärten trügt. Trügerisch ist der Zahnarzt, der sich freundlich über den Patienten neigt und sich Sorgen um ein Loch im Zahn macht, während woanders die Kiefer zerschmettert werden.

Im Konferenzraum des Hotels Mackensen hatte sich Leni Mühlacker neben ihn gesetzt. Sie blickte ihm entgegen, während er von der Tafel zurückkam. Bewundernswert schnell und souverän hat Trumpener ein Ablaufdiagramm gezeichnet; seine Souveränität war die Gleichgültigkeit, mit der er das Diagramm erläuterte. Als er sich auf seinen Stuhl setzte, ließ er wie zufällig seinen Stabilostift, Merkmal des mit Zahlen und Kurven arbeitenden Mannes, zu Boden fallen. Trumpener bückte sich; im Aufrichten stützte er sich flüchtig auf Lenis Schenkel. Sie lächelte unmerklich.

In einer Zigarettenpause eilte Trumpener in die Hotelhalle zur Telefonzelle. Es war höchste Zeit, Hildegard anzurufen. Vielleicht würde sie nur mit Ja und Nein antworten, aus einem Abgrund von Gekränktsein herauf; vielleicht war sie nicht im Büro. Dann waren kostbare Stunden verloren. Trumpener würde Stunde um Stunde schuldiger werden.

Hildegard meldete sich aber gleich. »Es tut mir furchtbar leid«, sagte Trumpener, »aber ich hing bei Onkel Franz fest. Du weißt doch, was die sagen würden, wenn ich sie nicht besucht hätte. Und später wollte ich dich nicht mehr wecken. In dem scheußlichen Hotel kann man sowieso nur unten an der Theke telefonieren. Aber ich rufe jetzt abends immer an. Bist du beim Friseur gewesen?«

»Warum?« fragte Hildegard. »Habe ich so abscheulich ausgesehen, als du abgefahren bist?«

»Nein, nein«, sagte Trumpener. »Für mich siehst du immer schön aus. Das weißt du doch.«

»Na, dann gehts ja«, antwortete Hildegard und lachte leise.

Trumpener verließ pfeifend die Telefonzelle und begann sich zu ärgern.

Zunächst ärgerte er sich darüber, daß er pfiff. Das Ganze hatte ihn aufgeregt. Und dieses Süßholzgeraspel! Warum hatte er nicht einfach »Na, Kleines« oder sonst etwas gesagt, was zu einem richtigen Mann paßte. Es war beschämend, sich wie ein Korkenzieher hochwinden zu müssen. Es hinderte ihn daran, ein Mann zu sein. Aber sie waren nun einmal miteinander verheiratet, und fast alles, was ihm aus den letzten Jahren einfiel, hatten sie zusammen erlebt. Sie kannte jedes Wäschestück und jede Zahnfüllung von ihm; wenn ihr Schuhe nicht gefielen, die er in einem Schaufenster gesehen hatte, wurden sie in seinen Augen rasch häßlicher; wenn ihn die Lust packte, ein Bier trinken zu gehen, ließ der Gedanke an ihren möglichen

77

Unmut den Durst kleiner werden. Ein altes, dunkelgrün umranktes Haus, ein skurriler Mensch, ein verlockendes Gebrauchtwagenangebot, ein kühner Gedanke – »Man müßte ganz verschiedene Brotsorten in der Tiefkühltruhe bereithalten« –: das alles gewann erst an Bedeutung, wenn er Hildegard davon erzählt hatte. Sie gehörte zu ihm wie eine Wucherung, die nicht operabel ist, weil sie mit zu vielen Blutgefäßen verbunden war und von ihnen gespeist wurde. Für sie hatte sich Trumpener einmal eingereiht in das Heer junger Männer in Einreihern, weißen Hemden und farbigen Krawatten, zigarettenascheabklopfend, beineübereinanderschlagend, kognakschwenkerhebend, sachverständigredend, möbelbesichtigend, wohnungsbesichtigend, stuhlunterdenhinternschiebend, zustimmend, beschwichtigend, nie aggressiv, aber immer obenauf, zum Ende eines Gesprächs immer einlenkend in ein mannhaftes, schwungvolles Übereinstimmen. Er war eine öffentliche Person geworden, ein Mann, der sich eine Frau anschaffte, ein Nest baute, Holzwerk strich, Mülleimer schleppte, Bücherbretter eindübelte, Stehlampen aus dem Auto holte und in die Wohnung trug – und dies alles vor einem rührenden Brautgesicht Hildegards, die Augen weit geöffnet, gläubig, schicksalsbereit.
Sicher ist, daß Trumpener ein Gefühl des Ärgers spürte.

EINE ZEITLANG, wieder neben Leni Mühlacker sitzend, zwang er sich, Herrn Schneider zuzuhören; dann fiel Trumpener Onkel Franz ein. Er wird die Nacht über an seinen Pressen entlangpatrouilliert sein, hier eine Hemmung beseitigt, dort den Stempel ausgewechselt haben, wenn Ronden außerhalb der Toleranzen lagen; die Leute arbeiteten im Akkord. Ihr Verdienst hing davon ab, daß Franz Lautner ihre Maschinen am Laufen hielt.

Um diese Zeit, es war kurz nach elf, saß er schon beim Frühschoppen in seiner Stammkneipe, und zwar hinten auf der Bank neben der offenen Tür, die in den Biergarten führte. Er blätterte in einer Fernsehzeitschrift, rauchte, trank aus einem Steinkrug, auf dem sein Name stand, oder blickte versonnen zur Bedienerin Theres hinüber, wenn sie sich über einen Tisch neigte und der dunkle, geblümte Rock ein Stück über die Kniekehlen stieg, blickte auf den grünen Laubengang im Garten, auf den besonnten Kies, auf drei kartenspielende Rentner aus der Nachbarschaft.

Franz Lautner spielte nie mit. Ein unklares Gefühl, auf der Suche nach etwas oder in Erwartung von etwas zu sein, hielt ihn davon ab, seine Zeit mit Zerstreuung zu verschwenden.

Die Nacht war ihm langsam und schnell zugleich vergangen. Während er in der Fabrik gewesen war, hatten schon fünf Minuten eine Ewigkeit gebraucht, um zu vergehen; auf dem Heimweg in der Morgendämmerung war ihm dann, als habe er nur einen flüchtigen Blick auf die ölig glänzenden Pressen geworfen, als sei er gleich wieder zu seinem Spind gegangen. In Wirklichkeit war vieles geschehen. Der Meister Kuhn war um elf nach Hause gegangen, der Meister Säbisch um zwei gekommen. Auf einem Maschinensockel sitzend, hatte Franz nach der Bierflasche gelangt, die hinter einem Schmierölbehälter stand. Er hatte in die Stadtwurst gebissen und sich einen Kanten Brot abgesäbelt. Ein Kollege hatte ihm einen Stumpen geschenkt, wohl wissend, daß sein Stempel reif zum Auswechseln, ja, daß vielleicht schon die Stößelführung an der Reihe war. Meister Säbisch hatte ihn aufmerksam gegrüßt: da Franz Lautner nie etwas monierte, nie Kontakt suchte, sich nie hervortat, da seine Bemerkungen immer nur etwas mit der reibungslosen Produktion zu tun hatten, wirkte er wie jemand, der sehr sicher ist und auf Bestätigung von oben verzichten kann. Er galt mehr, als er ahnte. Vielleicht ahnte er aber doch, daß seine fast unangreifbare Stellung sofort zusammenbrechen würde, wenn er den geringsten Anspruch auf Bevorzugung oder Zuspruch angemeldet hätte.

So oft wie möglich ging er auf die Toilette. Das ließ die Zeit vergehen und war ein wohltuendes Ereignis.

Franz Lautner fühlte sich so isoliert wie immer in den letzten fünfundzwanzig Jahren. Auch wenn die Arbeitszeit nur eine Stunde pro Tag betragen hätte, wäre er sich nicht anders vorgekommen. Land sah er erst jenseits der Pensionsgrenze. Manchmal dachte er an Gundels rundlichen Bauch, der den Strumpfgürtel spannte, ein Teil jener magischen Rüstung, mit der Frauen so unabweisbar vorhanden sind. Der Gedanke erregte ihn nicht sehr. Erst wenn er daran dachte, wie einmal ein Nachbar im Hausflur unnötig lange und unnötig lächelnd mit Gundel über die Müllabfuhr gesprochen hatte, wurde er unruhig. Man merkte ja, was los war. Die Vorstellung, daß der Nachbar Gundel vielleicht angefaßt hatte, daß sie besinnungslos unter ihm gekeucht haben könnte, ersterbende Worte murmelnd, erzeugte ein lähmendes und wohliges Gefühl in seinen Lenden.

Wenn er in der Fabrik so dachte, ging er sofort an eine Presse, stand mit besorgtem und wachem Gesicht dabei, so, als ob es nur die Ronden gäbe, die er aus dem verbeulten Blechkasten unter der Presse griff und an die Lehre hielt. Ihm war dann, als könnte er es keine Stunde mehr hier aushalten. Trotzdem wußte er, daß es keinen anderen Ort für ihn gab. Erst wenn er nichts mehr wert war, konnte er hier weg.

Auf dem Heimweg ging er an der langen Fabrikmauer und am Bürogebäude vorbei. Die Fenster glänzten wie blinde Spiegel, die Ziegelmauer leuchtete fleischern-rosig im Morgenlicht.

Zu Hause in der Küche stand Kuchen für ihn auf dem Tisch. Er lag auf einer Untertasse, ein Aluminiumnapf war darübergestülpt. Franz wärmte Kaffee auf, frühstückte und ging ins Schlafzimmer. Gundel schlief, bis zur Nase unter der Bettdecke versteckt. Franz ließ die ausgebeulten Hosen heruntergleiten, behielt aber Hemd und Unterhose an. Er mochte nicht aus der schützenden Hülle der Körperwärme in die fröstelnde Welt der Sauberkeit, obwohl er wußte, daß Gundel sich darüber ärgerte. In der Zeit, in der sie sich noch für ihn interessiert hatte, hatte sie ihn einmal »Drecksau« genannt.

Durch das angelehnte Fenster hörte Franz Vogelrufe und die Schritte von Passanten. Der Tag, der ihnen bevorstand, war sicher anstrengend und beängstigend. Franz hatte nichts damit zu tun. Er kroch ins Bett mit dem tröstlichen Gedanken, daß er bald in seine Stammkneipe hinübergehen würde. Gundel war dann schon fort.

Der Grund, daß Franz Lautner sich so fest an alles klammerte, was wärmte, was einfach war, was man essen oder trinken konnte, war die bevorstehende Nacht: ein dunkles Teufelsrad, in dem es ab und zu von Metall blitzte, dem Metall seiner Maschinen.

DIE TÜREN zum Konferenzraum standen offen: einige Übereifrige waren mit gefurchten Stirnen an den hufeisenförmig aufgestellten Tischen sitzengeblieben, deuteten verantwortungsbeschwert auf die Papiere vor sich, blickten vergleichend auf die Wandtafel. Die meisten aber standen in der Halle und rauchten. Leni Mühlacker konnte Trumpener nirgendwo entdecken.

Plötzlich stand sie neben ihm und sagte etwas zu schnell, sie habe noch mit Schneider sprechen müssen, jetzt sei seine Firma endlich bereit, die neue Anlage probeweise bei ihnen in Mülheim aufzustellen, ohne gleich die alte mitzunehmen, niemand sei ja konservativer als ein Operator, nun habe sie keine Mühe, die neue Anlage durchzusetzen, gegen einen risikolosen Versuch könne niemand etwas haben, Schorsch sei doch nicht böse? Sie habe die ganze Zeit Angst gehabt, daß er böse sein könne, aber dieser Schneider rede eben so lange. Nicht wahr, man habe ja noch sehr viel Zeit füreinander, sie freue sich schon darauf, vielleicht morgen abend? Heute nämlich komme ihre Freundin aus Stuttgart, sie habe trouble mit ihrem Mann, und sie, Leni, sei die einzige, mit der sie reden könne.

Während Leni das sagte, entschuldigend, die Fahne der Nächstenliebe aufziehend, glaubte sie fest daran. Trumpener hatte aber noch einen Einfall.

Vielleicht könnten sie heute zusammen zu Mittag essen? Er kenne eine typisch münchnerische Wirtschaft am Viktualienmarkt.

Oh, das wäre schön, sagte Leni. Sie ließ sich die Wirtschaft beschreiben, sie werde sie leicht finden, es sei ja nicht weit dorthin von ihrem Hotel.

Trumpener mag Schneider nicht, weil er fürchten muß, daß Frauen wie Leni unnötig viel Zeit auf Leute wie Schneider verwenden. Wie hatte ihn der noch angeredet? Es fiel Trumpener nicht ein, ein Beweis dafür, wie wenig ihn so läppische Zurücksetzungen kratzten. Dann fiel es ihm doch noch ein. »Herr Weinmann«, hatte Schneider gesagt, obwohl Trumpener doch ein gewichtiges Wort bei Hansa McBrinn mitzureden hatte, wenn es um das Mieten von Datenverarbeitungsanlagen ging.

Durch die Maximilianstraße schlenderte Trumpener an Geschäften vorbei. Es zog ihn hin zu den Schaufenstern, in denen Lodenanzüge ausgestellt waren: alle schick, gemixt aus Kultur und Ländlichkeit, Geld und Schlichtheit, vorgerücktem Alter und rotbackiger Gesundheit. So wirst du sein, schien jeder Anzug anzudeuten, so gesund, so bayerisch, und warm duftet das Heu. Der Samt an den Rockaufschlägen weist dich als gehoben aus. Du wirst estimiert sein, das Bier wird dir schmecken. Du wirst alt, und das Sterben, das geht einmal ganz schnell und schmerzlos. Sieh uns an.

Als Trumpener am Marienplatz angekommen war, mußte er an seinen Vater denken. Einmal, vor Jahren, hatte Trumpener ihn zu Weihnachten besucht, am Heiligen Abend läutete Anni, die neue Frau, mit der einen Hand ein Glöckchen, mit der anderen zog sie ein kariertes Küchentuch von einem Bild, das am Fuß des Geschenktisches stand. Es zeigte den Weihnachtsmarkt auf dem Marienplatz, auf dem der Vater als Bub staunend gestanden hatte. Er wandte sich ab und wischte sich die Augen; Trumpener schwieg peinlich berührt.

Von Onkel Franz wußte er, daß sich sein Vater für etwas Besseres hielt. Leute, die keinen Ehrgeiz hatten, sind selber schuld, sagte er und meinte damit seinen Schwager Franz. Das paßte zu ihm, der kleinliche Ehrgeiz; deshalb hatte er auch Anni geheiratet, eine Stationsschwester. Trumpener verzieh seinem Vater nicht, daß er noch einmal geheiratet hatte. Trotzdem hielten sich bestimmte Bilder in Trumpeners Kopf: Vaters große rötliche Ohren, die verarbeiteten, gutmütigen Hände, das nachdenkliche, zerfurchte Gesicht, die länglich-großen Nasenlöcher, aus denen verlegen einige Härchen ragten.

Trumpener war sich auch nicht klar darüber, daß er seinen Vater um viele Dinge beneidete: um einen Bund getrockneter Ähren und Halme in der Fensterecke, eine Ehrenurkunde von der Gewerkschaft und vom Leichtathletikverein, um einen selbstgeschnitzten Wanderstock in der Garderobenecke, eine blecherne, verchromte Schlipsklammer mit einem dünnen, durchhängenden Kettchen, um eine Generalstabskarte von 1902. Trumpener besaß keine Gegenstände, an denen sein Herz hing.

Am Viktualienmarkt, in der Wirtschaft, in der er sich mit Leni Mühlacker verabredet hatte, setzte sich Trumpener an einen der hellgescheuerten Holztische, eine genarbte, weißlichleuchtende Fensterscheibe und eine verstaubte Topfpflanze neben sich, hinter sich eine Holzgitterwand, an deren Rückseite Hüte und Jacken an Garderobehaken hingen. Während er wartete, nahmen eine alte Frau und kurz darauf ein alter Mann an seinem Tisch Platz. Beide bestellten Bier, dazu Suppe und Wecken. Der alte Mann hatte einen Rucksack neben sich abgestellt; die alte Frau war verschwitzt, Haarsträhnen hingen ihr ins Gesicht. Vor fünfzig Jahren war jemand verrückt auf sie gewesen.

Trumpener wußte nicht, warum ihm so traurige Gedanken kamen.

Als er lange genug gewartet hatte, bestellte er Tiroler Knödel. Während er aß, rückte Leni Mühlacker in unerreichbare Ferne. Achtete sie auf Distanz, weil Trumpener verheiratet war? War sie nur aus Höflichkeit liebenswürdig zu ihm? Hielt sie ihn in Wirklichkeit für ein unappetitliches Mannsbild? Gab es Männer, mit denen sie ein zuverlässigeres, schweigendes Einverständnis herstellen konnte? Hätte er vielleicht, statt so gezielt auf den Augenblick zuzugehen, in dem er Leni umarmen konnte, sich mehr absichtslos mit ihr unterhalten sollen?

Vielleicht zählte er nicht bei ihr. Sie hielt ihn wohl für hoffnungslos verheiratet. Das war er schließlich auch.

Trumpener fühlte sich minderwertig. Er zahlte und ging. Er gab über fünfzig Pfennig Trinkgeld, aber er schob es dem Kellner verschämt zur Seite blickend hin. Es war für Trumpener schwer, Trinkgeld zu geben. Vielleicht ist der Empfänger verlegen oder gekränkt. Vielleicht ist es ihm zu wenig. Vielleicht empfindet er es als zudringlich.

Nach einer halben Stunde fiel Trumpener auf, daß er in die verkehrte Richtung gegangen war. Deshalb kam er verspätet im Hotel an. Die Tür zum Konferenzraum war schon geschlossen; in einem Sessel in der Hotelhalle saß allein Leni Mühlacker.

Es tue ihr ja so leid, es sei furchtbar, sagte sie, aber Herr Schneider habe nicht aufgehört zu reden, und natürlich sei es wichtig gewesen, es gehe schließlich um ihre Firma. Sie habe erfahren, was die Geschäftsleitung plane, wer abgeschossen werden, wer was übernehmen solle. Schneider habe ja Verbindung zur Geschäftsleitung. Aber daß sie Trumpener versetzt habe, das gemeinsame bayerische Essen, auf das sie sich so gefreut hätte, darüber komme sie trotzdem nicht hinweg.

»So«, sagte Leni abschließend, »und jetzt gehen wir hinein und setzen uns nebeneinander, und später sehen wir weiter.«

Aus den Verabredungsversuchen Trumpeners war also nicht viel geworden. Er hielt es aber für wahrscheinlich, daß Leni Mühlacker darunter am meisten litt. Vor dem Lehrgang hatte sie immerhin mehrmals Trumpener angerufen, weil sie ein wenig Angst hatte, allein in München unter fremden Menschen zu sein. Herr Schneider hatte ihr diese Angst genommen.

Trumpener aber dachte schon an später. Seine Stunde kam bestimmt. Während er neben ihr saß, probte er ein mögliches Gespräch. Er wird Leni Mühlacker sagen, daß er scharf zu unterscheiden weiß zwischen dem, was er möchte, und dem, was er will. Sie darf wissen, was er möchte, sehr deutlich soll sie es wissen, denn gerade das wird den Weg öffnen für eine freiere, schönere Beziehung. Wenn sie es weiß, wird sie Trumpener um so mehr achten. Vielleicht wird sie ihn insgeheim, nachdem er nach dieser Enthüllung noch wertvoller geworden ist, noch mehr begehren. Deshalb wird er ihr ebenso offen sagen, was er will, das heißt, was er nicht will. Trumpener hat die doppelte Aufgabe, Leni die Hoffnungslosigkeit ihres – gottseidank harmlosen – Verliebtseins zu erklären und ihr gleichzeitig Einblick in seine Aufrichtigkeit, seine Festigkeit, seine Konsequenz zu geben, ihr also das anzubieten, was eine Frau bei einem Mann finden sollte, nämlich Halt. Andererseits wird er sich so beiläufig, so uninteressant machen wie möglich, damit sie nicht unnötig leidet: er wird Leni vor sich selbst schützen. Obwohl sie mit gleichmütigem und munterem Gesicht neben ihm saß, ahnte Trumpener dahinter natürlich einen ängstlichen und bittenden Ausdruck, wartend, erwartend – wohl deshalb, weil sie nun schon tagelang durch widrige Umstände an der Begegnung mit ihm gehindert worden war.

ALS TRUMPENER am Spätnachmittag zurück in sein Hotel kam, hing an seinem Schlüsselhaken ein Zettel: Dr. Wingenbach anrufen.

Der sitzt in Hemdsärmeln vor seinem immer leergefegten Schreibtisch. Ein Schriftstück ist etwas, mit dem man herumwedelt, das man mit zielsicherem Blick aufspießt, vorübergehend unter die Schreibtischauflage legt oder weitergibt. Mit Schriftstücken darf man nicht subaltern umgehen, nicht so, daß sie die Motorik behindern. Der Körper muß sich bewegen können wie der eines Kämpfers. Wingenbach lächelt gleißend: so sah ihn Trumpener vor sich, während er zum Telefonhörer griff.

»Nein«, sagte Wingenbach, »es gibt nichts Besonderes. An sich sind es ja immer nur wenige, langwierige Geschäfte, deswegen muß man nachdenken – ach so! Ja, mir ist eingefallen, es sind ja nur zwei Stunden nach Salzburg. Wegen unserer Vertretung, wegen Fürstenau. Das ist doch so ein Perfektionist, der will jetzt auch mit der Datenverarbeitung anfangen. Fahren Sie doch mal hin und erzählen Sie ihm was. Er kann ja die Film-Fiches über unseren Standard-Lagerbestand regelmäßig von uns beziehen. Fahren sie nur hin, ich ruf ihn an und sag ihm Bescheid, daß Sie kommen. Morgen. Sie versäumen ja nichts . . .«

In seinem Zimmer legte sich Trumpener aufs Bett und überlegte, wann er am nächsten Tag abfahren sollte. Nach einer Weile merkte er, daß er darüber schon lange nicht mehr nachdachte. Aber worüber hatte er nachgedacht? Plötzlich fühlte er sich jämmerlich wie jemand, der müde ist, aber vorwärtsgestoßen wird. Es schien so beliebig, was Wingenbach von ihm wollte.

KURZ VOR FREITAG MITTAG ging der Lehrgang zu Ende. Durch Trumpeners Gedächtnis segelten Codierpapier und die spitzen Zeichenstifte: was sie geschrieben hatten, war verbindlich, getupfte Wahrheit aus einem lichten Reich, das keine schwitzenden Achselhöhlen, kein Stöhnen kennt. Auf den Tischen im Konferenzraum standen leere Mineralwasserflaschen. Der Spuk war vorbei.

»Ja«, sagte Leni Mühlacker in der Hotelhalle, »ich weiß auch nicht, wir haben diesmal überhaupt keine Zeit füreinander gehabt. Es war auch alles zu hektisch.«

»Man trifft sich ja vielleicht in Essen wieder«, sagte Trumpener vorsorglich.

Leni trug eine leichte karierte Jacke, die vielleicht hundertzwanzig Mark gekostet hatte, die Kette um ihren Hals war Modeschmuck wohl vom Friseur, die rechte Hand, der ganze Körper waren nicht versiegelt von einem Ehering: eine alleinstehende Frau, wie man sie am Postschalter anstehen sieht, um Briefmarken zu kaufen. Sie würde sich schutzlos vorkommen und leid tun. Irgend jemand hatte ihr etwas vorenthalten.

Trumpener hatte das Gefühl, ein besserer Mensch geworden zu sein. Er war mit den Zukunftsperspektiven der Kybernetik vertraut, er würde als Botschafter einer neuen Welt nach Essen zurückkehren, Hildegard würde einen asketisch gebliebenen, treuen Ehemann begrüßen. Das Bild seiner Rückkehr in die Firma wurde aber nicht richtig deutlich. Zwar sah sich Trumpener noch kompetenter als vorher, aber alle liefen so ziellos und uninteressiert herum, Wingenbach, Klamp, Frau Bader, als sei er ein Geist, den sie nicht wahrnehmen konnten.

Aus seinem Hotel rief er in Salzburg bei Fürstenau an. Eine Frauenstimme meldete sich. »Hier Zenker«, sagte sie, »ja, ich weiß Bescheid, ich hole eben meinen Onkel, er ist im Garten.«

Trumpener ärgerte sich über den vorrückenden Gebüh-

renzähler neben dem Telefon. Das kostete alles nur Geld.
»Hallo, Herr Trumpener«, sagte Fürstenau, »wunderbar,
wir freuen uns. Unsinn, kommen Sie schon heute, kommen Sie gleich, wir geben eine Party. Die Blumen duften
bis hier herein, Blumen sind das Schönste, sie sind wie
schöne Frauen, oder Frauen sind wie Blumen, nicht wahr.
Nein, kommen Sie. Wir erwarten Sie.«
Trumpener packte seinen Koffer und zahlte. Dann rief er
bei Hildegard an. Da war alles in Ordnung. Sie genieße
noch die Sonne auf der Veranda, sie sei so schön faul, sie
denke gar nicht, doch, an ihn schon, er solle ruhig erst
mal nach Salzburg fahren, ja, sie freue sich, sicher, sagte
sie etwas zögernd, wenn er Samstag abend zurück-
komme.
Trumpener verließ das Hotel und ging zum Hackerbräu.
Er hatte sich vorgenommen, an einem heißen Mittag Bier
zu trinken. Im Biergarten suchte er sich einen leeren Tisch,
halb im Schatten und doch mit einem Streifen Sonne, der
die Oberschenkel wärmte. Bald stand der Einliterkrug vor
ihm.
Das wars, was er sich gewünscht hatte: sitzen und nicht
beunruhigt sein, herumfahren, aber dann doch sich selbst
gehören, sitzen und bei sich selber sein. Er war einfach zu
idealistisch, zu strebsam, irgendwie zu gut. Er opferte sich
für andere und für die Arbeit. In diesem Augenblick wußte
er es; er hatte es immer gewußt. Immer wieder waren in
seinem Kopf Bilder aufgetaucht, in denen er ruhig,
schweigsam, schwerblütig irgendwo saß und ein Bier
trank. In manchen Bildern saß er auf einem Gipfel, in
einem Boot, an einem felsigen Ufer, mit ausgeworfener
Angel. Es war fehlerhafte Planung, daß sich diese Situationen nie ergeben hatten. Während er trank, verwandelte
sich Hildegard in ein liebes, anhängliches Kindergesicht,
Klamp in einen treuen Kumpel, Leni in eine schutzwürdi-
ge, einsame Frau. Die Mutter tat Trumpener leid, weil sie

tot war, der Vater, weil er nichts hatte als das Fernsehen. In Wellen dehnte sich die Landschaft des Lebens vor Trumpener aus.

Er rechnete mit zwei Stunden bis Salzburg. Er konnte sein Bier in Ruhe trinken. Einen Liter Bier mußte die bayerische Polizei schließlich genehmigen. Aber warum war er eigentlich so allein, auch in diesem Biergarten? Warum? Trumpener ahnte, daß er einerseits hier sitzen konnte wie der selbstgenügsame Trumpener in seinen Träumen, daß er sich andererseits trotzdem vieles wünschte, begehrliche Liebe zum Beispiel oder Respekt, tiefen Respekt. Trumpener bekam Angst. Er hatte früh gelernt, daß er sich nichts wünschen durfte, irgendwie war das gefährlich. Also legte er sich auf eine neue Haltung fest: nichts würde kommen, nichts von dem, was er sich wünschte. Er wollte es tapfer tragen. Ein bitterer Zug erschien um seinen Mund.

FÜRSTENAUS HAUS lag nicht weit von der Salzach entfernt in einer schmalen, ruhigen Straße. Es war gelblich getüncht, hatte umlaufende Holzveranden; überall wuchsen Rosen und Röschen. Sie überkrabbelten das ganze Haus. Trumpener sah sie schon auf Bettdecken, Tapeten, gestickten Wandbildern.

Ein blasses junges Mädchen führte Trumpener in eine Art Empfangszimmer, das durch eine Rollwand mit holzgefaßten, geschliffenen Glasscheiben vom nächsten, größeren Wohnraum abgetrennt war. Trumpener bemerkte indische Gefäße aus Messing, hängende Pflanzentöpfe, einen Anrufbeantworter, Zeitungen im Ständer. Das blasse junge Mädchen erschien während des ganzen Aufenthaltes nicht wieder. Trumpener erinnert sich auch nicht, daß er Fürstenaus Frau gesehen hätte.

Fürstenau vertrat Hansa McBrinn im Land Salzburg, in Tirol, Vorarlberg, Kärnten und Oberösterreich. Er tat durchaus nicht alles, was die Firma wollte. Er war nicht ohnmächtig. Er hatte Geld. Er kaufte einen Vorführlader für achtzigtausend Mark, der einzige Vertreter, der sich das leisten konnte. Außerdem vertrat er noch Comato-Schneidstähle und Elektrokarren einer holländischen Firma. Trumpener hatte davon gehört, daß Fürstenau mit Autotelefon reiste.

Auf den ersten Blick sah er aus wie ein älterer Polizeipräsident. Er roch nach Rasierwasser, die ergrauenden blonden Haare waren gewellt, die Armbanduhr war flach und golden mit dunkelschimmerndem Zifferblatt. Alles war eindrucksvoll sauber und gepflegt an Fürstenau, auch die Stimme: deutlich, laut, intensiv.

Eine großartige Idee! sagte er. Wingenbach leihe ihm den Computerfachmann. Aber heute werde gefeiert, denn Feste muß man feiern, wie sie fallen. Eine nette, intime Runde. Lauter prächtige Menschen. Aber daß man sich noch nie kennengelernt habe, nicht einmal auf der Hannover-Messe! Eben, Trumpener komme ja immer nur für einen Tag, um sich die Computer anzusehen. Er sei da Fachmann, das sehe man ihm an. Trotzdem werde heute nur gefeiert, sonst nichts. Gleich gehe es los. Er, Fürstenau, habe ein kleines Abendessen bestellt in einem Waldrestaurant, auch ein Zimmer für Trumpener in der Stadt sei reserviert.

WENN TRUMPENER später an dieses Essen im Waldrestaurant bei Salzburg zurückdachte, gelang es ihm nie mehr, alle Teilnehmer genau zu identifizieren – ausgenommen natürlich Claudia, Fürstenaus Nichte, und Fürstenau selbst. Weiter saßen ein Lehrer mit seiner Frau am Tisch, ein Mann, der ein Büromaschinengeschäft hatte, dessen Frau und ein Verbandsgeschäftsführer aus der Lebensmittelindustrie. Trumpener wurde häufig angesprochen, konnte aber immer nur kurz etwas über seine Firma, über neue Produkte, Exporte oder über die leitenden Leute sagen. Das große Wort führte Fürstenau. Er sprach über den Umweltschutz, der sich gegen alle fressenden Gifte wehre, wohl aber noch aus einem tieferen Bedürfnis komme, nämlich das Fremde, Zerstörerische, Niederziehende überhaupt loszuwerden; er sprach vom großen Menschen, der sich aus der Masse lösen und Reiche und Organisationen gründen müsse. Das sei der eigentliche Mensch. Trumpener sei zwar noch jung, aber er werde schon verstehen, was er, Fürstenau, meine.

Claudia Zenker saß neben Trumpener. Sie war eine Frau von Anfang Dreißig mit dem Gesicht einer schönen Studienrätin. Trumpener konnte sich vorstellen, daß sie geschieden war. Sie war ruhig und mischte sich selten ins Gespräch; einmal sagte sie zu Trumpener, daß man hier überall angefeindet werde, wenn man etwas tue, was die Leute nicht verständen. Trumpener wurde nicht klar, was sie meinte, aber er merkte sich, daß man hier angefeindet wurde.

Später sagte Fürstenau, daß seine Nichte Claudia die Seele des Geschäfts sei und ganz unentbehrlich, ihrer Mithilfe verdanke er alles, sie wenigstens verstehe ihn. Jemanden verstehen, das sei schwierig, das verlange Größe, das verlange einen ganzen Menschen. Es bedeute, einen daimon zu verstehen, das, was den Menschen seiner Bestimmung zutreibe. Plebejer könnten das nicht. Dieser Wingenbach zum Beispiel – bitte, das bleibt aber unter uns – dieser Plebejer Herr Doktor Wingenbach verstehe nichts. Er habe ihm, Fürstenau, einen unflätigen Brief geschrieben, wegen irgendeiner Kleinigkeit, etwas, worauf man nur spucken könne . . .

Während Trumpener noch grübelte, was das wohl gewesen sein konnte, vielleicht eine Zahlungsanmahnung, stand Fürstenau plötzlich auf und fragte: »Ist Wingenbach vielleicht ein geheimer Kommunist?«

Trumpener wandte sich an Claudia und flüsterte: »Wie kommt er darauf?«

»Er denkt das bei manchen Menschen«, sagte sie leise. »Er hat einen Blick dafür. Er war Gebietsführer bei der Hitlerjugend.«

»Es gibt dunkle Menschen«, sagte Fürstenau. »Wingenbach ist einer. Und das hier ist mein Gruß an ihn, meine Antwort, richten Sie ihm das aus!«

Und Fürstenau ergriff ein Glas mit Mineralwasser und schüttete es Trumpener ins Gesicht.

Das war genau der Punkt, an dem Trumpener groß wurde. Alles schwieg mit gesenktem Blick, Fürstenau lachte schallend und väterlich, und Trumpener lächelte. Trumpener konnte, während der Zahnarzt bohrte, an den Wolkenhimmel denken, Trumpener konnte ernsthaft nicken, wenn jemand sagte, er sei ein Spießer, er konnte überrascht und gemessen »Oho« sagen, wenn er mit dem Knie wuchtig gegen eine Kante stieß, er konnte jetzt lächeln. Er hätte auch nicht gewußt, was er sonst hätte tun sollen. Ohnehin war der Vorfall bald vergessen.

Trumpener trank also Wein, bestimmt einen Liter, dann noch einen Kaffee, dann noch einen Kurzen. Er wurde immer entspannter. Mal redete Fürstenau, mal ein anderer, mal sagte Trumpener etwas, das er im nächsten Augenblick vergessen hatte. Auf dem Tisch brannten Kerzen; die Gesichter leuchteten. Nach und nach merkte Trumpener,

daß Claudia nur ihn beachtete. Das tat wohl. Bei zuneh-
mender Müdigkeit sagte er sich aber: Denk nicht darüber
nach. Es ist wie schon oft. Man denkt, da wär was, und
nachher öffnet man doch allein die Zimmertür. Außerdem
will man es eigentlich nicht. Und was danach kommt, will
man auch nicht.

Laut sagte Trumpener, jetzt sei er so richtig müde. Die
Fahrt in der Sonne.

Fürstenau rief: »Ein Taxi! Ein Taxi für Herrn Trumpener!«

Darauf antwortete Claudia, sie werde Herrn Trumpener
ins Hotel fahren. Sie wolle auch nach Hause.

Trumpener stand auf und schüttelte Hände: daran kann er
sich noch ganz gut erinnern.

DER GANG, das Gesicht, die Haltung. Das Rührende. Das Ernsthafte. Das alles, sagte Claudia, habe sie gepackt. Sie wußte auch nicht, warum. Trumpener versuchte sich vorzustellen, wie Claudia ihn gesehen haben konnte. Vielleicht ähnelte er der kummervoll-ernsthaften Miene irgendeines bewährten Dichters, der im Fernsehen auftritt. Trumpener wiederum hatte bis zuletzt so getan, als wisse er nicht, was sich abspielte. Er konnte es ja, genau genommen, nicht voraussehen: daß ihn Claudia auf dem Parkplatz vor seinem Hotel lächelnd ansah wie ein Spitzbube, daß er sie küßte wie ein Eroberer, daß er dann milde lächelnd neben ihr saß und sich überhaupt nicht wunderte, als das Auto wieder anfuhr und etwas später vor einem modernen Mietshaus hielt.

Die moralische Frage hatte Trumpener unterwegs geklärt. Es handelte sich um die große Ausnahmesituation, die es eigentlich nur theoretisch gab. Dafür hatte er sich offengehalten: vielleicht ein einziges Mal nachzugeben, für eine einzige Nacht. Ohnehin war er müde von dem langen Tag und dem vielen Wein; er konnte einfach nur nachgeben. Oben in der Wohnung verschwand Claudia erstmal im Bad. Während die Dusche rauschte, zog sich Trumpener langsam aus. Brav wie daheim steckte er die Socken in die Schuhe, faltete die Hose und hängte sie über einen Stuhl in der Nähe des großen französischen Bettes, hängte Hemd und Schlips über die Stuhllehne. Nun, in Unterhemd und Unterhose, stand er da und sah sich um. Die Schlafzimmertür öffnete sich ins Wohnzimmer: ein großes Fenster mit vielen Pflanzen, ein Eßtisch, eine Sitzecke, Drucke an den Wänden, Radio und Fernseher im Bücherregal. Plötzlich merkte Trumpener, daß er zitterte.

Dann kam Claudia lächelnd aus dem Bad.

Wenn Trumpener damals wahrgenommen hätte, was er alles empfand, würde er es heute noch wissen. Er weiß aber nur noch, daß Claudia einen grünen Morgenrock trug, daß sie schön und glühend aussah, daß sie sich schon wieder in den Armen hielten und gleich darauf im Bett lagen, betäubt und doch hellwach. Ihre Augen ließen nicht voneinander, während sie sich umarmten. Jede Berührung stimmte mit einer Berührung des anderen überein, und das war ungewohnt für Trumpener: sein eingeübter Eifer war plötzlich nicht mehr vonnöten. Die Körper bewegten sich wie von selbst.

Das war es. Das war es, was er immer gefürchtet hatte. Er war verloren. Aber es gefiel ihm.

Als beide gegen Morgen aufwachten, strahlten sie sich an. Das war für Trumpener ungewöhnlich. In der Regel bedeutete sein Lächeln in einer solchen Situation etwa dies: Schau her, trotz aller Belastungen lächele ich, wird schon werden, was, nicht wahr, nur Mut, komm dir nicht zu unwichtig vor bei mir, ich bemerke dich durchaus. Offensichtlich war jetzt alles anders als je zuvor.

Am Horizont glänzte es rosa, als hätten Feuer die ganze Nacht dort geflackert und glühten noch.

Beim Frühstück wußte Trumpener schon mehr über Claudia. Sie war vier Jahre mit einem Ingenieur verheiratet gewesen. Dann wurde er immer stummer und depressiver, ging vom Büro aus zwei bis drei Stunden in eine Cafeteria, ehe er nach Hause kam. Angeblich brauchte er das, um zu sich selbst zu finden. Angeblich brauchte er aber auch Claudia. Wenn du gehst, sagte er, bringe ich mich um. Claudia beschloß, auszuhalten, obwohl sie wußte, daß sie lieber allein sein wollte als ohne Liebe zusammenzuleben, wie sie es nannte. Schließlich war die Stimmung so düster geworden, daß sie gemeinsam zu einer Psychotherapeutin gingen. Die hatte Claudias Mann dazu überredet, in eine Scheidung einzuwilligen.

Vorher hatte Claudia schon angefangen, im Betrieb ihres Onkels zu arbeiten. Seitdem ertrug sie ihr Leben, obwohl sie oft bis spät in den Abend in der Firma saß. Sie hielt auch in Großfirmen Vorträge über Flurfördertechnik und betrieblichen Transport; an Arbeit fehlte es nicht. Der Onkel hatte ein neues Gebäude für die Ausstellungsräume gebaut; es hatte anderthalb Millionen gekostet. Onkel Fürstenau war ein Genie. Er verkaufte viel und immer mehr. Trumpener fühlte sich reich beschenkt. Claudia war ja tatsächlich ein Geschenk, Hoffnung gab es keine, aber es würde alle künftigen Tage und Jahre überstrahlen. Trotzdem meldete sich seine bürgerliche Sorge: Was wird Claudia denken, wenn er abgefahren ist? Er mußte ja spätestens am Abend in Essen sein.

»Ich werde bestimmt nicht traurig sein«, sagte sie. »Wir werden auf jeden Fall telefonieren.«

Trumpener schaute Claudia an. Eigentlich war es das ganz Große in seinem Leben. Was sollte jetzt noch kommen? Sein Blick fiel auf die Bäume vor dem Fenster, auf das Haus gegenüber, den rauhen Putz der Mauer, der wie eine Mondlandschaft oder wie Haut unter dem Mikroskop aussah. Die Welt war wie geronnen. Bald würde es ganz still sein, als könne Trumpener nichts mehr tun, als hätte er nichts mehr zu erwarten.

Claudia fuhr ihn zum Hotel, in dem er hätte schlafen sollen. Er ging hinauf in sein Zimmer, wühlte das Bett durcheinander und zahlte dann unten an der Rezeption. Er konnte nicht feststellen, ob seine Abwesenheit bemerkt worden war. Der Nachtpförtner hatte längst keinen Dienst mehr.

SCHON AUF DER AUTOBAHN München-Nürnberg war Trumpener wieder in seinem Liebestraum. Er fühlte noch, wie er sich bewegt hatte, spürte den träumerischen Umgang zweier Körper miteinander, ihre langsamen Gebärden, die denen von langblättrigen Pflanzen im Wasser verwandt waren. Trumpener hätte sich, wenn er das Steuerrad nicht hätte festhalten müssen, vor die Stirn schlagen können. Das war es also. Er hatte es immer gewußt und nicht gewagt zu wissen: die Liebe mußte so sein, wie er sie jetzt erlebt hatte. Sie mußte ungeheuer und überflutend sein, sie mußte sanft und wehrlos machen, sie mußte den Körper tonisieren bis ins letzte Äderchen. Er begriff auch, warum er das alles bisher nicht hatte wissen wollen: ganz einfach deshalb, weil er nicht zugeben wollte, daß er eigentlich ein Mensch sei, der so viel Liebe verdient. Die einfachen Leute, seine Familie, hatten ihm beigebracht, daß man bescheiden sein muß und nichts fordern darf. Also hatte er es sich verkniffen, die große Liebe zu fordern. Er hätte damit ja auch alle die Menschen gekränkt, die nicht fähig waren, ihm das Übermaß zu geben, das er verdiente.

Nun ließ es sich nicht länger verheimlichen: Trumpener war unterschätzt worden. Es mußte nicht unbedingt zu Ende gedacht werden, wer alles ihn unterschätzt hatte. Es sollte auch kein Wort der Kränkung fallen, aber es war zweifellos so. Trumpener hätte nie ernsthaft behauptet, daß er die wahre Liebe noch nicht kennengelernt hatte, daß er eine größere Liebe verdiente, aber jetzt wurde er zum ersten Mal wirklich geliebt.

Da er in allem sehr gründlich ist, fragte sich Trumpener gleich, was einen Menschen wohl dazu bringen mochte, ihn so zu schätzen und zu lieben, wie es Claudia tat. Dank seiner seelischen Beweglichkeit, um es einmal so zu nennen, konnte er für einen Augenblick in Claudias Gedanken und Gefühle hineinschlüpfen: irgend etwas Großartiges mußte an ihm sein – nicht so sehr Eigenschaften, die sich hätten benennen lassen, sondern eher Wesensbilder. Mit Claudia glaubte Trumpener zu erkennen, daß sie in ihm einen Menschen liebte, der mehr als nur dieser eine festgelegte Mensch war. In ihm schwang mit, was aus der Vergangenheit kam und was an Ungelebtem, Unentdecktem in der Gegenwart bereit war. Claudia sah in ihm die zukünftige Gestalt: still, entschieden, die Stirn nachdenklich gesenkt, die Züge voll starker Innerlichkeit. Keinen Platz gab es da für Geiz, Ehrsucht, Gier oder Geilheit; alles das war Trumpener fremd. In ihm war ein Traum angelegt, ein Entwurf, dem Trumpener zustrebte. Und allein in diesem Streben, das fühlte er, war er für Claudia so wertvoll.

Dann tauchte aber die Frage auf, warum dieser Wert, den er, um es in aller Bescheidenheit zu sagen, tatsächlich besaß, für Claudia so wichtig war. Trumpener schob diese Frage großzügig beiseite. Es konnte ja sein, daß Claudia ihre eigene Bedürftigkeit und Begrenztheit spürte und daß sie deshalb an Trumpener teilhaben wollte.

In der Raststätte Nürnberg-Feucht aß er Leberknödel und Sauerkraut. Er saß im Freien. Wäre er nicht so verwirrt gewesen, hätte er unterwegs die fränkischen Nadelwälder und vorher die bayerischen Ortsschilder und alles, was er an Bayrischem hinter Wiesen, Äckern, Weihern, Buschgruppen und Hügeln vermutete, wohlig in sich aufgenommen. Das hatte er versäumt. Ihm war zumute wie einem Kind auf Reisen, in den Ferien, das weniger Heimweh verspürt als noch ein Jahr vorher, vielleicht, weil es größer geworden ist.

Während der Weiterfahrt, wieder auf der Autobahn, fühlte sich Trumpener plötzlich so traurig und leer, daß ihm beinahe schlecht geworden wäre. War er nicht ein Schwein? Ein Verführer? Einer von diesen parfümierten, unappetitlichen Männern, die nur an den Unterkörper einer Frau dachten und so taten, als hätten allein sie einen

Kopf? Oder noch schlimmer: War er etwa gar labil? Jemand also, der leicht unter den Einfluß eines anderen Menschen geriet oder sich unter dem Einfluß anderer zu sehr veränderte? War er pervers, süchtig, ein Trinker, ein Abweichler?

Trumpener gab sich einen Ruck. Er, dem es sein Leben lang mit allerhand Kunststücken gelungen war, immer obenauf zu sein, dachte jetzt: Viel Humor hat Claudia nicht. Sie lächelt wie eine selig Verzückte. Fröhlich ist sie auch nicht. Wahrscheinlich ist sie eine Betriebsnudel. Sie hat dich eingesackt wie ein Schoßhündchen. Du hast nichts dazu tun müssen. Paß auf. Sie ist eine ungeheure Versuchung, eine einzige Forderung, alles für die Liebe aufzugeben.

Und schon sah er Claudia wieder vor sich mit ihrem schönen, strengen Gesicht. Er grübelte, ob das nun die rechte Liebe sei, was ihm begegnet war, ob er etwas an ihr ändern müsse oder sie überhaupt als Irrtum ansehen solle. Wenn er das tat, blieb immer noch ein verängstigter Trumpener übrig: statt der Frau mit weichen Armen, weichen Brüsten und dunkelbraunen Augen waren dann nur Dunkel und Leere in ihm. Das fürchtete er auch.

Trumpener war etwas abhanden gekommen. Es war der Trumpener, der immer obenauf war.

ALS TRUMPENER sein Auto in der Amselstraße parkte, war es Samstag abend. Was jetzt geschehen wird, hatte er sich alles im voraus überlegt. Er wird an der Wohnungstür klingeln, Hildegard mit einem Kuß begrüßen und sie auf gleich vertrösten. Gleich, gleich, wenn er ausgepackt hat, wird er alles berichten, aber erst muß er nochmal zum Wagen, er hat die Aktentasche vergessen. Trumpener wußte nicht genau, was er sich davon versprach; vielleicht lenkte es Hildegard ab.

Auf sein Klingeln öffnete niemand. Trumpener schloß die Tür auf und stellte den Koffer mitten in die Wohnstube. Dann holte er die Aktentasche, zog Jeans und Latschen an und setzte sich mit Heimkehrerzigarette auf die Couch.

Trumpener blinzelte. Claudia sah ihn bewundernd an, ihre weichen Hände glitten über seinen Rücken, seine Muskeln gaben nach, er ließ sich in sie hineinziehen. Trumpener spürte Angst. Wie sollte er je wieder sich selbst gehören, nach dieser Nacht?

Es dauerte noch eine Weile, bis er entdeckte, daß auf dem Tisch ein Brief lag. »Georg Trumpener« war mit Schreibmaschine geschrieben, als Absender stand auf der Rückseite »Tesche«. Das war Hildegards Mädchenname.

»Lieber Schorsch, entschuldige bitte, daß ich Dir schreibe und nicht mit Dir rede. Aber ich kann das nicht, Du weißt das ja. Ich bin vorübergehend zu meinen Eltern gezogen. Erschrick bitte nicht darüber. Es ist alles nur wegen meiner Dummheit. Ich weiß einfach nicht, was mit mir los ist. Aber die ganzen letzten Jahre ist die Spannung in mir immer stärker geworden, bis es jetzt nicht mehr ging. Es liegt natürlich alles daran, daß ich so blöd bin. Aber ich konnte es nicht mehr aushalten. Wahrscheinlich kann ich überhaupt nicht mit jemandem zusammenleben. Ich habe immer das Gefühl, es wird etwas von mir erwartet. So, als ob ich ständig unter einer Forderung lebte.

Du wußtest immer, was wir machen sollen oder was wir unternehmen können, und Du hast mich immer gefragt, was ich wollte, aber von mir kommt nichts. Darum bin ich mir immer so vorgekommen, als würde ich herumgezerrt. Dann hatte ich oft einen ungeheuren Zorn auf Dich.

Hoffentlich habe ich Dich jetzt nicht erschreckt. Ich will nur mal eine Weile ganz für mich leben. Wenn was zu regeln ist, können wir uns ja schreiben.«

Er erlebte das Herzzerreißendste, was er sich überhaupt vorstellen konnte: nichts mehr da zum Festhalten, er saß allein in der leeren Wohnung. Es war verboten gewesen, an diese Möglichkeit zu denken. Nun war es geschehen.

Natürlich konnte man leicht einsam und verbittert sein, wenn es warm war in der Wohnung und wenn man nicht gerade Tuberkulose hatte. Trumpener ahnte, daß sich dann die Menschen, besonders die Frauen, häufiger um einen kümmern würden. Einsamkeit war nicht ohne Verlockung. Aber was er unerträglich fand, waren Trennungen. Die Seidenröschen in der Fensterecke erinnerten an Hildegard, der Kleiderbügel im Flur, an dem sonst ihr gutmütiger, argloser Mantel hing, die quietschende Küchentüre, die Sessel: wie hatte Trumpener dieses liebe Kind, diesen Engel an Bescheidenheit nur gehen lassen können. Alles war sauber, aufgeräumt, ordentlich. So hatte Hildegard die Wohnung verlassen. Eine letzte Gebärde der Liebe war durch die Räume gehuscht.

Trumpener ließ sein Gepäck im Wohnzimmer stehen. Ihm war kalt, er wollte weder trinken noch rauchen. Er fühlte, daß nichts ihn trösten konnte. Er wußte nicht, wie er die Zeit bis zum Zubettgehen herumbringen sollte; er dachte, vielleicht hat Hildegard gemerkt, daß etwas in ihm ist, das ihn dazu treiben wird, sie zu betrügen. Er hat etwas ganz Schlimmes getan: er hat einen aufrichtigen Menschen betrogen. Schlimmer noch, in ihm ist ein hungriger Wolf, den er auch mit seinem ganzen guten Charakter nicht hätte bezähmen können. Er ist nicht gut genug für Hildegard.

Wenigstens telefonieren muß er. Er rief in Salzburg an; als er gewählt hatte und das Läuten hörte, erschrak er.

Claudias Stimme klang ganz nahe. Sie sagte, sie habe gewußt, daß er anrufen werde. Es sei alles ganz anders als früher, es werde nie mehr wie vorher sein, sie habe gefühlt, daß ihm etwas fehle, sie vertraue ganz fest auf die Zukunft, obwohl man vielleicht lange Zeit werde warten müssen. Dann fragte sie: »Wie war es, als du deine Frau wiedergesehen hast?«

Trumpener zögerte. Hildegard habe sich natürlich gefreut, sagte er dann, sonst sei er ja nicht so lange fort, sie sei aber eine tapfere Frau, ein guter Kerl, und nun stehe man eben überall so dazwischen. Es sei furchtbar, er könne nur an Claudia denken, er sei ganz krank nach ihr.

»Ich auch«, sagte Claudia, »nach dir.«

Dann war Trumpener wieder allein. Er wird so lange wie möglich verheimlichen, daß ihm Hildegard weggelaufen ist. Er schlurfte in die Küche nach einer Flasche Bier; am liebsten wäre er in Urlaub gewesen, in Benediktbeuren oder Seeshaupt, unter einem tusch-umschmetterten Maibaum mit weißblauen Bändern.

Während er die Bierflasche öffnete, fiel ihm Ned Myers ein. Das war der Held eines Jugendbuchs gewesen, das Trumpener als Kind gelesen hatte. Ned Myers segelt über die Meere, er ist ein einfacher Seemann auf einem Schoner, er übersteht Fieber und Seuchen, Stürme und Piratenangriffe, Schiffbrüche und Meutereien, alles im neunzehnten Jahrhundert. Aber niemals ist Ned Myers allein und verlassen. Sein gebräuntes Gesicht reckt sich dem Wind entgegen, seine Augen spähen zum Horizont. Wenn er sich trotzdem einmal verlassen fühlt, stellt er sich sein Gesicht und seinen Blick vor, und schon ist er wieder ruhig, obwohl er keine Mutter, keine Frau, keine Freundin hat. Er ist anständig. Nur eine liebe Schwester wohnt in einem kleinen Häuschen in Halifax, und dorthin kehrt Ned Myers auch zurück. Er heuert wieder einmal ab, nimmt seinen Seesack auf die Schulter und geht durch die holprigen, schmalen Straßen im Dunkel zum Häuschen seiner Schwester. Das Licht am Fenster leuchtet freundlich.

AM MONTAG war Trumpener wieder in der Firma. Am Konstruktionsbüro im Erdgeschoß vorbei ging er über den Hof zu Klamps Halle. Vor Klamps Schreibtisch stand ein Konstrukteur, dem Klamp mit heiserer Stimme erklärte, er solle ihm gefälligst zeigen, was in die Arbeitsvorbereitung gehe und auch die Teileliste wolle er, Klamp, vorher sehen. Dabei kaute Klamp große Brocken von seinem Frühstücksbrot und goß kauend Kaffee aus der Thermosflasche in einen Plastikbecher.

»Du kannst von Glück reden«, sagte er zu Trumpener, »daß du letzte Woche nicht da gewesen bist, der Häuptling hat es wieder mal draufgehabt. Dem kannst du tatsächlich nichts recht machen. Ich hab mich damit abgefunden, daß ich hier auf dem Schleudersitz hocke, und man sieht sich ja auch um da und dort, aber sonst: Zack, hast du nen Schlag im Nacken.«

»Gibts was Besonderes?« fragte Trumpener.

»Nee, nichts außer dem Üblichen. Wingenbach hat ja immer jemand auf dem Kieker, den er raushaben will.«

»Jemand Bestimmtes?«

»Ich weiß nicht«, sagte Klamp, »da kommt ja kein Mensch hinter. Ich weiß nix. Ich bin doof, und heute vormittag ist der Häuptling sowieso nicht da.«

Klamp sprach witzelnd, aber es war etwas von Geprügeltsein in seiner Stimme. Nur wer immer wieder unbarmherzig geprügelt worden war, konnte so von Prügeln reden. Feine Leute dagegen sind die, die noch nicht geprügelt worden sind: das klang aus Klamps Stimme und lag in seinem Gesichtsausdruck. Geprügeltwerden rief keine Scham mehr in Klamp hervor.

Im 1. Stock warf Trumpener einen Blick aufs Schwarze Brett, Essensmarken, Abteilungsprämie, Todesanzeige, Blutspende, Volkshochschule, Schweißerlehrgang; dann ging er in sein Büro und leerte die Aktentasche auf dem Schreibtisch aus: »Express« für die Mittagspause, eine doppelte Scheibe Brot mit Zungenwurst, Reval, der zusammengewurstelte Taschenschirm. Trumpener war zu faul gewesen, ihn ins Futteral zu stecken.

Das Unangenehmste war der Mauserschreibtisch. Er stank nach kaltem Metall; alle Büros waren so eingerichtet. Trumpener schob den Stapel Zeitschriften – »BIT«, »Büroorganisation und Technik« und »Computerwoche« – beiseite, der sich während seiner Abwesenheit angehäuft hatte, und setzte sich. Auf seinem Drehstuhl fühlte er sich in der Stille des Büros wie in einem luftleeren Raum. Die ganze Firma war still. Es waren langwierige Produkte, die verkauft wurden, langwierige Geschäfte, langwierige Verhandlungen. Ein Silo faßte weniger als bestellt, eine Schütte mußte erneuert werden, gratis natürlich; darüber wurde oft zwei Jahre lang gestritten. Dann kam vielleicht Wingenbach herein und sagte: »Lassen Sie Neckarbeton die Siebzigtausend gutschreiben. Der zahlt die ja doch nicht.« Es gab Spannung, aber nur langsame Bewegungen. In der Betriebsabrechnung hatte Trumpener drei seiner Leute sitzen: Hümmerich, Bruch, Merten. Ihre Gesichter spiegelten sich in Trumpener beunruhigend kühl. Vielleicht hatten sie etwas gegen ihn, vielleicht brauchten sie ihn gerade. Trumpener hatte dauernd das Gefühl, seinen Leuten dankbar sein zu müssen: für die Zufriedenheit, mit der sie sich in ihre Arbeit fügten, für die offensichtliche Anerkennung seiner Vorgesetztenrolle, für Verzicht auf eine eigene Karriere. Ohne Aussicht auf Karriere aber, hatte Trumpener immer gedacht, konnte man eigentlich nicht leben. Deshalb hielt er es für die vornehmste Aufgabe eines Vorgesetzten, Zufriedenheit und Selbstbescheidung bei seinen Untergebenen nicht nur zu fördern, sondern auch anzuerkennen. Trotzdem hatte er dabei das Gefühl, daß irgend etwas nicht stimmte. Weder war es mit seiner Karriere besonders weit her, noch konnte er sicher sein, daß Hümmerich, Bruch, Merten tatsächlich die Gefühle hatten, die er in ihnen vermutete. Sicher war nur, daß Trumpener dachte, sie hätten solche Empfindungen.

Als er vor seinen Leuten stand, sahen sie ihn nicht an, sondern blickten auf ihre Listen, Formulare, Ausdrucke. Das also war noch bei der Revision, deswegen wollte·Herr Gey noch einmal mit Herrn Jahler sprechen, das war zu früh versprochen, dieser Fehler lag beim Zwischenlager, das würde nachher fertig.

Gut, gut. Trumpener sah etwas ratlos auf die geneigten, konzentrierten Gesichter.

»Hier hab ich den Lottoschein«, sagte Bruch fröhlich. »War mal wieder nichts. Sie hatten ja auch mitgemacht.«

»Na dann«, sagte Trumpener. »Dann muß ich den Mercedes wieder abbestellen.«

»Ist besser«, sagte Hümmerich. »Blödes Wetter heute. Zum Jungehundekriegen. Ewig so verhangen.«

Eines muß man über Trumpener sagen: er bemühte sich, seinen Untergebenen gegenüber tolerant zu sein. Es war ihm unangenehm, fast peinlich, wenn er immer wieder denken mußte, daß Leute, die nicht in leitenden, verantwortlichen Positionen waren, eine merkwürdige Neigung zur Nachlässigkeit hatten, zum Nachgeben, zur Bequemlichkeit, Oberflächlichkeit. Untergebene waren weniger interessiert, weniger pflichtbewußt; immer wieder wurden sie krank, manchmal mehrmals im Jahr; sie wollten pünktlich nach Hause gehen; sie hatten oft das Gefühl, daß eine Arbeit unnötig sei und von Vorgesetzten nur verlangt wurde, damit möglichst umfangreiches Material vorlag, auch dann, wenn es zur Entscheidungsbildung nicht gebraucht wurde; das wiederum hing mit einem mangelnden Sinn für Perfektion zusammen. Darüber konnte manchmal verzweifeln, wer die schwere Bürde der Verantwortung auf sich genommen hatte. Dennoch: so, wie fortschrittliche Geister im vergangenen Jahrhundert die armen Wilden und Neger doch immerhin als Wesen gesehen hatten, die sich auf dem Wege zur Menschwerdung befanden, so sah Trumpener auch bei seinen Untergebenen Ansätze zum Menschwerden. Wenn man sie führte, wenn man sie motivierte und interessierte, wurden Keime von Pflichtbewußtsein und Verantwortungsgefühl sichtbar.

Auf dem Rückweg, im Flur des 1. Stocks, kam Trumpener der Ingenieur Winter entgegen. Winter war seit drei Monaten krank geschrieben.

»Ich wollte mich verabschieden, Herr Trumpener«, sagte er.

»Für länger?« fragte Trumpener.

Winter antwortete nicht; nur sein Kehlkopf ruckte, als müsse sich Winter zwar sprachlos, aber leidenschaftlich gegen etwas verteidigen.

»Kommen Sie doch mit zu mir, Herr Winter«, sagte Trumpener. »Auf ne Zigarette.«

»Zigarette ist nicht«, antwortete Winter leise. »Ich habe mich abgemeldet. Ich komme nicht wieder, obwohl es mit der Rente noch dauern wird. Man muß abwarten und den Ärzten vertrauen.«

»Aha«, sagte Trumpener höflich. Er verzog keine Miene. Jede Miene wäre falsch gewesen.

»Und Sie?« fragte Winter. »Geht es Ihnen gut?«

»Na ja«, antwortete Trumpener, »man schlägt sich so durch. Lohnt sich vielleicht alles nicht so.«

»Ich habe gerne gearbeitet«, sagte Winter. »Schade. Jetzt habe ich meine Papiere. Es ist Krebs. Wie kommen Sie mit Wingenbach aus? Am Anfang ist man immer beunruhigt, nicht? Ich glaube, ich hatte immer Glück. Meine Frau und ich haben ein so gutes Verhältnis, vielleicht war ich deshalb nie besonders ehrgeizig. Trotzdem war ich wohl nicht schlecht hier. Ich hatte auch nie Angst. Sie sind ähnlich, denke ich.«

»Sagen wir mal, ich versuche es«, antwortete Trumpener.

»Ich halte Sie vielleicht auf«, sagte Winter.

»Nein, nein«, antwortete Trumpener. »Passen Sie nur gut auf sich auf.«

Als er wieder hinter seinem Schreibtisch saß, rief Frau Bader an. Wingenbach wolle morgen mit Trumpener zur Electronic-Leasing, einen neuen Mietvertrag machen. Elf Uhr. Ob das gehe? Und wie sei es denn in München und Salzburg gewesen? Trumpener müsse mal alles erzählen.

ABENDS AM TELEFON fragte Claudia: »Wo ist deine Frau? Ich meine: weil du anrufen kannst.«

Trumpener antwortete, daß Hildegard in ihrer Gymnastik sei, und dachte, gerade erst fangen wir an, etwas übereinander zu erfahren. Claudia wußte zum Beispiel nicht, daß Hildegard einmal in der Woche in der Gymnastik war, alle zwei Wochen mit Kolleginnen in einem Café, einmal in der Woche im Italienisch-Kursus in der Volkshochschule.

Claudia fällt abends immer todmüde ins Bett. Aber nicht die Arbeit erschöpfe sie so, sagte sie, sondern daß sie ununterbrochen an Schorsch denken müsse. Sei er überhaupt glücklich mit seiner Frau? Könne er es sein, obwohl er so schlagartig mit ihr, Claudia, übereingestimmt habe? Soviel Übereinstimmung könne es doch nicht geben, wenn jemand anderswo rundum zufrieden sei. Oder?

Trumpener antwortete, es sei mit Hildegard eben so gekommen. Er habe immer geglaubt, er mache alles richtig, und anfangs sei es wirklich die große Liebe gewesen, ohne jede Einschränkung.

So sei es jetzt bei ihr, sagte Claudia. Aber was denn denke seine Frau? Was gehe in ihr vor? Er, Schorsch, tue ja so, als gäbe es sie überhaupt nicht. Das verstehe sie nicht. Wenn seine Frau so gar nichts von ihm wisse, dann stimme doch etwas nicht. Sie, Claudia, zum Beispiel, sie wolle nichts, überhaupt nichts – nur Schorsch in ihren Armen halten. Das wolle sie.

»Du bist süchtig«, sagte Trumpener. »Ich ja auch.«

Sein Blick glitt über die Pflanzen auf der Fensterbank, die Hildegard so treu gepflegt hatte. Eine fehlte. Es mußte ihre Lieblingspflanze gewesen sein.

Als Trumpener den Hörer aufgelegt hatte, fiel ihm wieder der Trumpener ein, der ihm auf der Rückfahrt von Salzburg zwischen Nürnberg und Essen erschienen war: der Trumpener, der nie mehr zu seiner alten Form zurückfinden würde. Immer deutlicher sah er ihn vor sich: die

Gesichtszüge schlaff, der ganze Ausdruck verlegen, fragend-abhängig, das Gesicht eines Schuljungen, der ahnt, die ganze Klasse weiß, daß er einem Kameraden eine Mark aus der Schultasche gestohlen hat. Je genauer Trumpener diesen Trumpener vor sich sah, desto besser erkannte er aber auch, daß alles nur ein Unglücksfall gewesen sein konnte, ein wirklich unglückliches Zusammentreffen höchst unglücklicher Umstände. Trumpener spürte, daß er diesen Trumpener abschütteln konnte.

Er stellte die Flasche Bier, die er sich ganz in Gedanken geholt hatte, zurück in den Kühlschrank, brühte einen Salbeitee auf und duschte kalt und warm. Darauf schlief er fest und traumlos. Am Morgen hastete er im Trainingsanzug die Treppe hinab, setzte sich ins Auto und fuhr in den Wald. Dort begann er zu laufen mit dem Gefühl, den labilen, schlaffen Trumpener nun aber endgültig aus der Welt zu schaffen. Selbst in der Firma empfand er sich noch als jemand, der ein ganzes Universum kontrollieren konnte, wenn er nur wollte. Zwei Stunden lang war Trumpener gut gelaunt.

TRUMPENERS FRAU lag noch wach in dem Zimmer, das früher ihr Zimmer im Haus der Eltern gewesen war. Sie hatte das Fußende des Bettes vor ihrem Blick, hörte Geräusche, deren Herkunft sie nie hätte ausmachen können, ein Knacken, Rieseln, Knarren; draußen auf der Landstraße heulte die Sirene eines Krankenwagens auf.

Hildegard konnte niemandem sagen, warum sie Trumpener verlassen hatte. Von ihrer Mutter wurde sie zehnmal am Tag gefragt, aber Hildegard konnte nur antworten: »Ich weiß es doch nicht.«

So eine Frau ist im Unrecht. Sie war nicht geschlagen, nicht betrogen worden, sie wurde nicht knapp gehalten, nicht unfreundlich behandelt. Im Gegenteil, der Mann hatte dauernd gefragt, was sie eigentlich möchte. Sobald sie ein trauriges oder nur ein gelangweiltes oder gleichgültiges Gesicht machte, sobald sie unlustig herumsaß, wurde sie gefragt, was ihr fehle, ob sie sich nicht etwas vornehmen, ob sie überhaupt nicht etwas ansteuern müsse, was sie interessiere. Wenn ihr das alles lästig wurde und sie sagte, der Mann möge sie in Ruhe lassen, sie habe nichts, ihr fehle nichts und sie wolle nichts, dann fragte sie sich doch manchmal im Stillen, ob es nicht irgendetwas gebe, was sie wirklich gern tun würde. Manchmal stellte sie sich dann eine Wiese vor, auf der sie zwischen lauter Margariten lag; ab und zu tauchten Bilder auf von Männern, die ganz verrückt auf sie waren und sie sozusagen überfluteten mit Küssen, Streicheln: ein rauschendes, heißes Fest, in dem sich ein Riesenrad mit bunten Lichtern drehte, die Schiffschaukel auf- und niederschwang. Das erzählte sie aber niemandem, auch sich selbst nicht. Es waren Bilder, die ein normaler Mensch einfach nicht erzählen kann.

Andererseits kam sich Trumpeners Frau beraubt vor. Sie hatte ein Leben aufgegeben, in dem für jeden Tag etwas geplant war, und wenn es nur die Hausarbeit und das Kochen, die Wochenendspaziergänge nach Schloß Hugenpoet, die Einkäufe, die neuen Elektrogeräte, das Fernsehprogramm, die Urlaubspläne waren. Auch die Wohnung hatte sie ja aufgegeben, obwohl ein Teil von ihr noch darin lebte.

Hildegard sah sich in ihrer Wohnung sitzen, andauernd fragte Trumpener etwas, immer wieder ging es darum zu erfahren, was ihr fehle, was sie wolle, denn offensichtlich war sie unzufrieden. Das war ihr mit den Jahren unerträglich geworden. Je bockiger oder gleichgültiger sie antwortete, um so angespannter und bemühter wurde Trumpener, seine Stimme blieb aber gutmütig-brummig.

Während Hildegard grübelte und grübelte, hatte sie plötzlich ein Gefühl, als habe Trumpener sie gehaßt, als sei er umhergegangen und habe sie überwacht, gesteuert und gehaßt, als habe ihm der Haß keine Ruhe gelassen, als habe er nur aus Haß dauernd gefragt: Geht es dir auch gut? Kann ich mehr für dich tun? Sag doch, was ich für dich tun kann?

AM NÄCHSTEN TAG fuhr Trumpener mit Wingenbach nach Werl zu Electronic-Leasing. Während der Fahrt dachte Trumpener eine Zeitlang über seine Gesundheit nach: ob bei dem warmen Wetter sein Blutdruck zu niedrig sei, ob das vielleicht wieder bedeute, daß die Koronargefäße schwach durchblutet waren, der ganze Herzmuskel also. Seit seiner Rückkehr aus Salzburg hatte Trumpener das Gefühl, es könne ihm jeden Augenblick etwas passieren. Ab und zu spürte er Stiche in der Brust, dann wieder ein Vorgefühl von einem Gefühl des Schwindels.

Wingenbach saß am Steuer: ein Kopf mit Halbglatze, Augen, die nach vorn starrten, ein Mund, der Überlegenheit über das Straßenverkehrsgeschehen ausdrückte. Ab und zu kamen sie an Stellen vorbei, wo sich Hecken, Weiher, Wiesen, Gärten, freundliche Wege und kleine Häuser mischten, Stellen, an denen Trumpener fühlte, daß sie ihn zu einer anderen Zeit entzückt hätten. Heute nicht: zu viel war unklar.

Er überlegte, warum sie überhaupt zu Electronic-Leasing fuhren. Der Vertrag über die neue EDV-Anlage war längst paraphiert, eigentlich war nur eine Unterschrift zu leisten, Trumpener hätte nicht dabei sein müssen. Vielleicht wollte Wingenbach einfach mal an die Luft, ein Stück spazierenfahren. Vielleicht hatte er sich in der Firma gelangweilt.

Während er geradeaus blickte, zählte er wie immer seine Hauptsorgen auf. Kurz gesagt, es handelte sich darum, wie man schlechte Leute hinausekeln oder einfach kündigen und guten Leuten mehr Arbeit geben, Privilegien von Angestellten mit älteren Arbeitsverträgen abbauen, das eigene Lager verkleinern und die Lieferanten zwingen kann, ihr Lager zu vergrößern. Wäre das erstmal geschafft, könnte auch er zufrieden sein.

In Werl lag alles für die Unterschrift bereit.

»Diesmal ist es ja gottseidank nicht kompliziert«, sagte der Geschäftsführer von Electronic Leasing, schob Wingenbach den Vertrag hin und präsentierte elegant einen Kugelschreiber.

Wingenbach steckte die Hände tief in die Hosentaschen. Dann rutschte er auf seinem Sessel nach vorn und ließ sich nach hinten sinken.

»Verrückt«, sagte er, »verrückt. Daß ich das vergessen habe. Ich wollte Sie noch anrufen.«

»Ja?« sagte der Geschäftsführer.

»An sich ist alles in Ordnung«, sagte Wingenbach. »Nur, ich hätte da einen Gedanken. Warum nicht einfach den alten Vertrag verlängern, sagten wir: um drei Monate?«

Die Leasing-Leute blickten erschreckt.

»Einfach verlängern, nicht wahr«, sagte Wingenbach. »Ich überlege nämlich, ob ich nicht noch einen Betrieb dazukaufen soll. Dann müßte die ganze EDV-Anlage sowieso erweitert werden, ist ja klar. Vielleicht mache ich auch was ganz anderes. So oder so, in Frage kommt nur eine Verlängerung des bestehenden Vertrags, sonst nichts.«

Dabei blieb es.

Beim Verabschieden hatte Trumpener eine kleine Schwierigkeit. Er mußte so tun, als sei er beteiligt gewesen, als habe er die Verhandlung schweigend mitgeführt, als habe er Bescheid gewußt. Dabei war ihm seine EDV-Anlage, seine Welt, nur noch für drei Monate sicher.

Als er mit Wingenbach zum Auto ging, fühlte er sich erschöpft. Verhandlungen waren anstrengend; das war die Erklärung für sein Schwächegefühl. Atmete er überhaupt noch richtig durch? War nicht ein leichtes Stocken im Atmen?

»Denen muß man es manchmal zeigen«, sagte Wingenbach. »Niemand darf das Gefühl haben, daß er immer mit uns rechnen kann.«

Auf der Rückfahrt war erst eine Weile Schweigen. Trumpener dachte an seine Erschöpfung, an Claudia, dies aber nur ganz kurz, weil er fürchtete, in den Strom seiner

Vorstellungen und Gefühle hineingerissen zu werden wie in eine Turbine. Dann begann er ein Gespräch, wies auf unvorsichtige Autofahrer hin, machte auf irreführende Verkehrsschilder aufmerksam, auf dieses oder jenes Auto, bei dem ein Modellwechsel bevorstand. Wingenbach nickte und schwieg.

Plötzlich hörte Trumpener sich sagen: »Vielleicht können wir jetzt kurz etwas Grundsätzliches besprechen. Ich meine, wie ich in Zukunft am besten plane.«

Als Wingenbach nicht antwortete, fuhr Trumpener fort: »Ich meine, daß ich vielleicht auch erfahren könnte, an welche Perspektiven Sie denken. Was für mich in Frage kommt. Ich meine, niemand ist so eingebildet, daß er denkt, er könne alles. Ich meine, manches liegt mir vielleicht sogar weniger . . .«

Trumpener wunderte sich, daß er so redete. Es eilte ja nicht. Und schon gar nicht sollte man Fahrten mit dem Chef dazu ausnutzen, persönliche Dinge zu behandeln. Im Auto konnte der Chef ja nicht ausweichen.

»Ja«, sagte Wingenbach endlich zögernd, »ich meine auch, es muß ja nicht die EDV-Anlage sein. Sie haben selbst mal gesagt: Eigentlich sind wir nur eine große Schlosserei, die einen Chef mit Biß braucht und ein paar Hilfswillige und sonst nichts. Sie brauchen einen ganz anderen Zusammenhang.«

»Aber was ich hier aufgebaut habe –« sagte Trumpener.

»Das ist es gerade«, fiel Wingenbach ein. »Sie und Ihr Herr Haberkorn, ich will nichts Schlechtes über ihn sagen, und trotzdem: die ganze Mimik, die Sie aufgebaut haben, die frißt unnötiges Geld. Wir brauchen nur eine ganz kleine Computer-Anlage. Aber Haberkorn hielt ja sehr viel von Ihnen – mit Recht, mit vollem Recht. Er hat Ihnen diese Anlage verschafft. Leute wie Sie können in eine Firma viel einbringen, sehr viel, gerade an persönlichen Charaktereigenschaften. Sie brauchen deshalb eine Stelle, wo Sie persönlich geschätzt werden, wo auch mehr Eierköpfe sind, ich meine natürlich: wo mehr intellektuelle Arbeit gefordert wird. Hier bei uns ist die EDV doch nur Spielerei.«

»So«, sagte Trumpener. »Ach so.«

»Sie sind innerlich woanders«, fuhr Wingenbach fort. »Sie haben Ihre Zauberanlage. Ein richtiger Führungsmann aber brüllt auf, wenn irgendwo Geld verschleudert wird. Sie dagegen wissen nie, wo die Glocken hängen. Sie merken von nichts was. Aber das ist es nicht mal. Wir wollen sparen, das ist es. Wir hängen uns an eine größere Anlage an. Sonst würde man einen Mann wie Sie nie gehen lassen.«

»Wie lange habe ich Zeit?« fragte Trumpener.

»Leuten in Ihrer Stellung setzt man keinen Termin«, antwortete Wingenbach. »Aber so in drei Monaten . . .«

In seinem Büro saß Trumpener eine Zeitlang an seinem Schreibtisch und rauchte. Bestimmt wußte Klamp alles schon lange: was für ein Kunststück, so unbefangen zu tun. Draußen rollte behäbig Wingenbachs Mercedes über den Parkplatz und nach Hause. Die Spätnachmittagssonne tauchte Platz, Mauern und die Betonpfähle des Zauns in ein stechendes, giftiges Gelb.

Von nun an wird es für Trumpener keine Stunde mehr geben, die ihm gehört. Jede lief unter einem Urteilsspruch ab, der alles überschattete. Genauso schlimm war, daß Trumpener plötzlich das Gefühl hatte, es nahten schlimme Ereignisse, eines schrecklicher als das andere. Nie geht es einem so elend, als daß es nicht noch schlimmer kommen könnte.

TRUMPENER ging hinüber zu Klamp. Vor der Werkshalle lagen angerostete Schneidblechsegmente. Rost schützt das Metall; andererseits kann schon eine Spur von Rost an einem hochwertigen Stahl dazu führen, daß die ganze Struktur zusammenbricht und zum Beispiel ein Lager reißt. Das hatte Trumpener nicht gewußt, als ihm Wingenbach einmal ein gerissenes Lager zeigte, das vom Abnehmer zurückgeschickt worden war. »Das wissen Sie nicht?« hatte Wingenbach gesagt. »Wie steht es denn mit Ihren technischen Kenntnissen? Die Spannungskorrosion geht in das Metallgefüge ein.«
Damals hatte Trumpener ein dunstiges, bohrendes Unbehagen empfunden. Dahinter steckten eine Menge Gedanken, die deutlich zu denken er sich nicht traute. Zum Beispiel: Warum blieb er an einem Ort, an dem er mit Angst sein mußte? Warum ging er nicht einfach? Warum saß er nicht als Entwicklungshelfer auf einer Holzveranda in Kenia? Warum tapste er nicht fröhlich durch den grünen Wald als Volksschullehrer, eine Schar von singenden Kinderchen hinter sich? Warum war er nicht Wissenschaftler? Warum nicht Bildhauer, jahrelang Tonklumpen gegen einen Torso klatschend? Er macht Mittagspause, wischt sich die Hände an den Hosen ab, beißt in ein Stück Blutwurst, zündet später die Pfeife an, tritt aus der Tür des alten Gründerhauses, in dessen Keller sein Atelier ist. Ein Mädchen mit schwarzer Ponyfrisur kommt winkend näher . . .
Wingenbach hatte die Fahrt zu Electronic-Leasing nur veranstaltet, um Trumpener das Notwendige auf beiläufige Art zu sagen. Das war jetzt klar, und ernsthaft hatte Trumpener nie daran gedacht, Entwicklungshelfer oder Bildhauer zu werden. Er kannte auch niemanden, der glücklich und angstlos war, weil er mit singenden Kindern durch den Wald zog. Adalbert Stifter, auch ein Lehrer,

hatte sich dauernd mit Blumen und Pflanzen beschäftigt; dann schnitt er sich die Kehle durch.

Klamp saß hinter seinem Schreibtisch. Was immer darauf lag, war widerwärtig und langweilig: Listen, Tabellen, Kurven, Statistiken, Formulare. Ein Wunder, daß ein Mensch so viel Geduld und Aufmerksamkeit aufbrachte, das alles zu lesen.

Klamp versuchte, Trumpener zu trösten. »Der Häuptling hat gegen jeden was«, sagte er, »dem ist keiner gut genug. Ruhig warten. Kündigen kann er dir nicht, er hat ja keinen Grund. Und im Aufsichtsrat ist er auch nicht gerade beliebt. Die sehen ihn lieber von hinten als von vorn. Alt wird Wingenbach hier bestimmt nicht. Man muß ihn über sich ergehen lassen. Sei froh, wenn du weggehst. Ich bleib auch nicht mehr lange hier. Das wußte ich schon vom ersten Tag an.«

So redete Klamp. Es machte Trumpener auch nicht froher; trotzdem beneidete er Klamp. Der war so tüchtig: eine zähe, zusammengeballte Kraft, eine knorrige Arbeitsfaust, die niedersausen konnte wie ein Blitz, eine Stimme, die gellen konnte wie ein Kommando an die Ruderer. Schwerfällige Männer kamen zu seinem Schreibtisch und gingen mit Befehlen beladen. So würde Trumpener nie sein können. Nun war er dran.

Schon früh mußte Wingenbach angefangen haben zu denken, daß er Trumpener, diesen verwöhnten Kronprinzen, auf geschickte Art loswerden wollte. Ja, Wingenbach hat ihn immer gehaßt; Trumpener ahnte auch, warum. Wingenbach mußte ihn für etwas Feineres halten, obwohl Trumpener natürlich nie beansprucht hatte oder beanspruchen würde, besser zu sein als andere. Zwar stimmte es, daß er bei sexuellen Witzen ein indifferentes Gesicht machte, daß es erstarrte, wenn über andere hemmungslos geschimpft wurde, daß es ihm peinlich gewesen wäre, hätte man ihn auf der Jagd nach Vorteilen ertappt, denn er konnte sich nicht erinnern, je auf seinen Vorteil aus gewesen zu sein; es stimmte auch, daß er Wert auf rücksichtsvolle Behandlung legte, das war ja nun das mindeste, was man verlangen konnte, und daß er immer das Beste wollte, das Beste für alle selbstverständlich. Wingenbach aber durfte das alles nicht einmal vor sich selbst zugeben, er hätte sich sonst ins Unrecht gesetzt. Er mußte eine Ausrede finden, ein gehässiges Wort, das ihm recht gab. Trumpener überlegte mit aller Objektivität, die ihm zur Verfügung stand. Das Wort »Verwöhnung« fiel ihm ein: Wingenbach würde sagen, daß Trumpener verwöhnt sei. Wingenbach sah Dinge eben so, wie er sie am besten ertragen konnte.

Dagegen ließ sich nichts ausrichten. Wenn aber Trumpener je verwöhnt worden war, jetzt verwöhnte ihn niemand mehr – nicht die Mutter, nicht die Firma, nicht die Frau. Trumpener fragte sich einen Augenblick allen Ernstes, ob er so weiterleben sollte.

DAS EINZIGE, was in dieser Situation trösten konnte, mußte Trumpener nicht unter angestrengtem Stirnrunzeln ausdenken. Es war warm und weich: bei Oellers' hatte er Roswitha Theisen kennengelernt. Zuerst hatten ihn natürlich verbotene Gedanken geplagt: Wenn du allein wärst oder eine keifende Frau hättest oder wenn sich eine Situation ergeben sollte, in der du sozusagen unschuldig und makellos ... Beim Verabschieden hatte er dann mit der ihm eigenen Frische und Herzlichkeit ganz unbefangen gesagt: »Vielleicht sieht man sich mal wieder?«

»Aber auch bestimmt?« hatte Roswitha mit großen Augen geantwortet.

Trumpener rief also, einsam wie er war, Roswitha an. Von Michael Oellers wußte er, daß sie zweimal geschieden war; ihre siebenjährige Tochter erlebte die wechselnden Bindungen der Mutter mit, die Rangeleien am Telefon um Geld. Roswitha hatte keine Moral, dafür immer Geldschwierigkeiten. Manchmal rauchte und trank sie unmäßig, manchmal vergaß sie es. Einmal war ihr Führerschein für ein halbes Jahr kassiert worden. Sie schien jeder Einladung zu folgen; wer sie länger kannte, merkte aber, daß sie bei aller Bereitschaft doch auswählte. Es folgten einander ein Archäologe, ein Redakteur, beide als Ehemänner; als Liebhaber traten ein Volksschullehrer, ein Verkaufssachbearbeiter, ein Immobilienhändler auf, fast immer guter Mittelstand. Roswitha wollte Liebe: das war so klar, daß im Bekanntenkreis nicht einmal darüber gesprochen wurde. Demütigungen ersparte sie sich. Sie hatte einen zärtlichmolligen Körper, Kulleraugen, ein Schnuller- und Schmollgesicht, das dauernd zu sagen schien: Das möchte ich jetzt gern und das, aber sofort. Sie war gutmütig; sie konnte niemandem ein böses Wort und schlecht Nein sagen. Sie wohnte in Kupferdreh, wenige Kilometer entfernt. Um halb neun wollte sie bei Trumpener sein.

Trumpener saß also in seiner Wohnung und versuchte zu warten. Wenn er nur einen Schuhlöffel in die Hand nahm, hätte er ihn am liebsten gleich wieder weggeworfen. Das Öffnen einer Tür ekelte ihn an; die Straße vor dem Fenster, grau mit eingetrocknetem Schlamm, erinnerte an eine lang verweste Leiche. Trotzdem ging er hinaus, als er das Warten nicht mehr aushielt, und wanderte eine Stunde durch Essen-Stadtwald. Dann stellte er sich vor die Haustür, bis Roswithas Auto vor dem Haus hielt.

Schon als sie ausstieg, schien sie dauernd zu überlegen, welcher Gesichtsausdruck ihr wohl am besten stand. Mal schaute sie schalkhaft, mal gespannt, mal wurstig. Vermutlich überlegte sie auch, was alles sie fragen dürfe. Trumpener merkte nichts von diesen Zweifeln und Kämpfen, denn kaum war Roswitha da, kam er sich ein wenig großartig vor.

Über das Weinglas hinweg strahlte sie ihn an. »Wie sind Sie darauf gekommen, mich anzurufen?« fragte sie.

»Wieso?« antwortete Trumpener scheinbar arglos.

»Was ist überhaupt los? Und wo ist Ihre Frau?«

Trumpener setzte sein schwermütigstes Gesicht auf und sagte: »Das ist alles nichts mehr.«

Tatsächlich genügte das Roswitha.

Im Schlafzimmer wartete Trumpener, bis Roswitha nackt durch die Tür kam. Es gibt nichts Schöneres als eine Frau, dachte er. Roswitha strahlte. Sie preßte sich an Trumpener, ließ sich mit ihm auf das Ehebett sinken, umklammerte ihn und zog ihn auf sich. Trumpener fühlte, wie er eingesaugt und bewegt wurde. Er schwebte in einen Dschungel mit roten und grünen Flammen hinein, in Säle aus fleischigen Pflanzenmündern, er sank immer tiefer in ein samtenes Reich.

Roswitha ist nicht klug. Aber sie merkte, daß es Trumpener bei ihr und in ihr gefiel, daß es ihm besser gefiel als bei irgendeiner anderen Frau. Das wunderte sie nicht, es freute sie nur. Es wunderte sie deshalb nicht, weil sie immer das Gefühl hatte, ein wenig schöner, glitzernder, reicher, begehrenswerter zu sein als andere Frauen.

Trumpener aber fiel die Firma ein, in der er nichts mehr galt, Hildegards Verwandtschaft, die ihn meiden, der Herzinfarkt, der ihn vielleicht noch heute Abend erwischen wird, denn er fühlte sich seit der Fahrt mit Wingenbach gefährlich krank. Es mußte der Kreislauf sein. Trumpener hatte nichts mehr, er war ein nackter Mann auf einer nackten Frau, ein Gefühl von schlanker Einsamkeit. Für einen Augenblick dachte er, daß es auch gut sein könne, sich nicht mehr geborgen zu fühlen.

»Ich wußte immer, daß du mich mal anrufen würdest«, hörte er Roswitha sagen. »Ich hab es immer gewußt. Komisch, nicht wahr? Hast du auch immer dran gedacht?«

»Ja, schon«, sagte Trumpener großmütig. So ganz auf ihre Stufe der Bedürftigkeit wollte er sich nun doch nicht herablassen. Vielleicht war Roswitha auch nicht ganz ehrlich.

ALS ROSWITHAS AUTO in die Nacht hineingebrummt war, blieb Trumpener noch eine Zeitlang am Fenster stehen und hörte dem gleichmäßigen Rauschen der Alleebäume zu. Die Göttin des Trostes verschwand in der Ferne, aber sie würde wiederkommen, obwohl Trumpener auf Trost eigentlich nicht angewiesen war. Er sah es eher so, daß er sich nun endlich einmal hatte Zeit nehmen können, auch eine weniger wichtige Bekanntschaft auszuleben, einer Frau das Gefühl zu geben, daß er sie immer zu würdigen verstanden hatte, aber erst jetzt dazu gekommen war, es ihr zu beweisen.

Im Bad, beim Zähneputzen, überlegte er, ob er Roswitha bald wieder einladen sollte. Vielleicht hatten sich ganz irrige Gedanken in ihr festgesetzt, vielleicht stellte sie sich einen Trumpener vor, dessen Lippen wie die eines Kindes zuckten, das nahe am Weinen ist, oder einen ganz kleinen Trumpener, der sich zwischen zwei mächtigen Brüsten festkrallt und sein Gesicht verbirgt, obwohl er sich doch, von kleinen Anfechtungen abgesehen, heute ganz anders fühlte. Er war einsam, und das ist immer wieder etwas Besonderes, aber er hatte Trost nicht nötig, er hatte keine Angst und war auch nicht müde, er war hellwach.

Gut, er hatte einen Chef, der ihn loswerden wollte, etwas, was es gar nicht geben durfte. Die Erklärung war trotzdem einfach: dieser Mann war nicht normal. Er sah nur einen Teil der Wirklichkeit, den feineren verborgeneren Teil sah er nicht, konnte er nicht sehen. Er verachtete alle besseren Menschen: zu oft hatte er erlebt, daß auch sie, wenn es um Geld und die Existenz ging, bei ihm ankrochen. Sie schmeichelten ihm sogar. Trumpener hatte das nicht getan. Darum mußte er fallen.

Trumpener: im Fallen noch Sieger. Ein einsamer Sieger zwar, aber dennoch ein Sieger.

Darauf trank Trumpener zwei Apfelschnäpse, obwohl er sich schon die Zähne geputzt hatte, wusch sich nicht und legte sich einfach ins Bett, erst auf die Seite, die Bettdecke über die Schulter gezerrt, dann auf den Bauch. Als er zu schwitzen begann, dachte er daran, das Fenster zu schließen, weil er sich ja erkälten könnte, aber er war schon von Müdigkeit gelähmt.

Etwas später wachte er plötzlich auf und war doch nicht wach. Jemand sprach zu ihm, mußte schon länger mit ihm gesprochen haben, denn es dauerte eine Zeit, bis Trumpener begriffen hatte, was er hörte.

Du bist verwöhnt.

Er hat einen Mann gesucht. Einen Mann.

Er hat erwartet, daß du einer bist. Zum Beispiel von selbst gehst.

Du bist ein verwöhntes, dickliches Kind. Dein Vater hat dich dafür gehaßt. Der Prinz, hat er gesagt.

Hat er es gesagt oder nicht?

Du hast ungeschickte Wurstfinger. Dir war es recht, daß du den anderen vorgezogen wurdest. Du wolltest immer vorgezogen werden, trotz deiner Wurstfinger.

Du hast Hildegard geheiratet, weil du so ungeheuer gut bist. Dauernd hast du gefühlt, wie gut du zu ihr bist. Du liebst niemanden. Sie hat es gemerkt.

Wäre Trumpener ein frommer Mann in einer früheren Zeit gewesen, hätte er behauptet, er habe eine Erscheinung gehabt. Ungerecht wäre es aber, zu sagen, er mache sich nichts aus der Stimme. Trumpener war ja immer begierig, etwas über sich zu hören.

Er setzte sich an den Schreibtisch und trank eine Tasse Pulverkaffee. Während er eine halbe Zigarette rauchte, kam liebevoll die Müdigkeit. Die Stimme, die er dann hörte, war eindeutig seine eigene. Sie sagte: Du brauchst nicht andauernd gut zu sein. Nun schlaf.

Gegen Morgen träumte Trumpener von Frau Weber, der Putzfrau, die auch sein Büro pflegte. Sie steht vor ihm, ihre Haare sind strähnig, ihr Gesicht ist ledern und faltig, sie zerrt ihm die Hose herunter, lächelt und sagt: Siehst du, siehst du. So ist es. Das hast du immer gewollt. Du hast dich nur so bärbeißig angestellt. Warum bist du so feindselig gegen uns Frauen?

Obwohl Trumpener träumte, fühlte er, wie ihm leicht ums Herz wurde, so als habe er sich jahrelang vergeblich angestrengt und als sei nun alles zu Ende.

Er geht durch ein Tal bei Hattingen, an einem Knusperhäuschen vorbei mit weißen Fensterrahmen zwischen schwarzen Schindeln. Der Weg steigt wieder an und verschwindet zwischen blühenden Büschen. Ein Weiher mit Enten, ein grünmodernder, verfallener Karren, eine sonnenwarme, grünende Umarmung, die Trumpener verschlingt.

Du hast dich immer gewehrt, sagt die Putzfrau. All dein Verlangen hast du benutzt, um dich zu wehren. Zum Schluß hast du gar nichts. Es wird dir leid tun. Es wird dir leid tun.

Am Morgen trank er im Stehen seinen Pulverkaffee, schaute auf die stille Vorstadt-Straße hinunter und fühlte sich unbehaglich. Er war so kleinlaut, daß er darauf verzichtete, sich über seinen Traum lustig zu machen.

Wer weiß, was alles mit ihm nicht in Ordnung ist. Vielleicht sollte er einmal außer der Reihe zum Arzt gehen. Aber er begreift jetzt, daß er die Einsamkeit immer umsonst gefürchtet hat. Er hätte nicht weniger Angst, wenn Hildegard da wäre.

KAUM IM BÜRO, rief Trumpener Roswitha an. Er sagte einfach nur »Na –?«, und das sollte etwa heißen: Wie fühlst du dich? Woran mußt du denken, wenn du meine Stimme hörst? Findest du es nicht überraschend, daß ich dich überhaupt anrufe? Merkst du, wie gutmütig ich mich zu dir herablasse?

Wenn Trumpener mehr von Trumpener gewußt hätte, hätte er sich jetzt vielleicht mit einer Giraffe verglichen, wenigstens, was Hals und Kopf betraf. In seinem »Na –?« wurde die Giraffe zu einem bescheidenen, freundschaftlich unaufdringlichen Wesen, das seinen langen Hals knickte und den Kopf herunterbeugte, bis er sich auf gleicher Höhe mit Roswitha befand. In dieser Haltung hätte das Wesen sagen können: Es war ja doch nett, kleine Roswitha. Ich war ja doch froh, daß du gekommen bist. Ich habe nicht gewußt, daß du so nett sein kannst.

Tatsächlich fragte Trumpener nach einer Pause: »Kommst du heute abend?«

Roswitha wußte es nicht. An sich und sowieso wolle sie gern kommen, aber so früh am Tag könne sie noch nicht sagen, ob sie abends Lust haben werde. Er sei ja auch wieder ziemlich obenauf. Hoffentlich halte das an.

Trumpener erkannte halbwegs, daß es klug war, nicht allzu sehr obenauf zu sein.

SPÄTER AM VORMITTAG rief ihn Wingenbach zu sich. »Haben Sie sich nun irgend etwas überlegt?« fragte er ohne Einleitung.

An sich schon, antwortete Trumpener. Er arbeite hier eigentlich ganz gern und frage sich deshalb, ob man gleich kündigen müsse.

Wingenbach war überrascht, weil er Trumpener so viel Eigensinn nicht zugetraut hatte. Dabei wollte Trumpener vielleicht zum ersten Mal in seinem Leben nichts Besonderes, hatte nichts Besonderes behauptet und sich nicht besonders stark gefühlt.

»Ich verstehe also«, sagte Wingenbach, »daß Sie vorläufig bleiben wollen, bis Sie etwas anderes haben.«

Nein, antwortete Trumpener, er wolle überhaupt bleiben. Wie gesagt, er arbeite hier ja ganz gern, und es könne auch ruhig eine einfachere Arbeit sein.

»Eine einfachere Arbeit?« fragte Wingenbach. »Meinen Sie das im Ernst? Es ist doch unmöglich, jemanden runterzuholen. Das wissen Sie so gut wie ich.«

Trumpener fiel wieder Roswitha ein: Zeig es ihnen ordentlich, hatte sie gesagt, du bist ja jemand, du brauchst dich nicht zu verkriechen. Ich hab immer meine Meinung gesagt, und das war nie falsch.

Aber er sagte nichts.

Nach einer Pause murmelte Wingenbach, man müsse das Personal schließlich klein halten, nicht wahr. Einfach so, bloß um jemanden zu beschäftigen, dafür sei in dieser Firma kein Platz. Oder?

Viel gab es da nicht mehr zu sagen. Einerseits hatte Wingenbach die Kosten tatsächlich gesenkt, seit er mit eisernem Besen überall herumkehrte, und selbstverständlich konnte er Trumpener kündigen. Andererseits gab es Bestimmungen und Gesetze, mit denen man sich gegen eine Kündigung wehren konnte. Die waren nicht schlecht und nicht unwirksam, aber Trumpener hatte sie noch nie in seinem Leben in Anspruch genommen.

»Vielleicht«, sagte er. »Ich weiß es nicht.«

»Sie wissen es nicht?«

»Nein«, sagte Trumpener.

Von Wingenbach ging er über den Hof geradewegs in Klamps Büro. Klamp stand am Zeichenbrett. Trumpener versuchte, in seinem Gesicht zu lesen, sah den halboffenen, aggressiven Mund, den kalten Blick, die knorrige Nase, die mächtigen Ohren, die tapsigen Hände.

»Na«, sagte Klamp, »was Neues vom Häuptling?«

»Er will mich los sein«, antwortete Trumpener. »Aber vorläufig bleibe ich lieber hier.«

»Richtig«, sagte Klamp herzhaft, »ist alles Quatsch. Warte mal ab. Der Häuptling hat nämlich ganz andere Sorgen. Der kommt mit dem Aufsichtsrat nicht mehr zurecht. Ich glaube, der Aufsichtsrat denkt schon an einen Nachfolger.«

Das war Balsam für Trumpeners Gefühle. Wie gut, dachte er, daß ich nie in meinem Leben davongelaufen bin. Ein Sprichwort fiel ihm ein: Der Mann, der warten kann, wird erleben, daß man die Leiche seines Feindes an seinem Haus vorüberträgt.

Laut und ohne Klamp anzusehen fragte er: »Wie war ich eigentlich hier so?«

Klamp schluckte: »Prima, einsame Klasse«, sagte er dann. »Wenigstens einer hier, der Gedanken hat und nicht jedem auf die Füße tritt. An sich intelligenter als der Häuptling. Der ist ja bloß schlau, bauernschlau. Sicher, du hast dich etwas eng an Haberkorn angeschlossen. Das vertragen die anderen nicht so gut. Auch dem Häuptling war es ein Dorn im Auge. Der ist eben nicht für Computer und sowieso ein rauher Typ. Nichts gegen dich, aber mir liegt seine Art, mir persönlich, wohlgemerkt.«

»Ich finde seine Art auch besser«, sagte Trumpener. »Nur, ich bin nicht wie er.«

ABENDS rief Claudia an; ihre Stimme klang traurig. Die Zeit vergehe, sagte sie, sie habe das Gefühl, ihr ganzes Leben gehe zu schnell herum. Warum Trumpener nichts von sich hören lasse? Manchmal denke sie, sie müsse bald sterben.

Dieses Gefühl kenne er, antwortete Trumpener schnell. Trotzdem müsse man unter allen Umständen vermeiden, sich selbst leid zu tun.

Sie tue sich nicht leid, sagte Claudia, das komme bei ihr nicht in Frage. Wie es Trumpeners Frau gehe?

Trumpener antwortete, Hildegard sei mit ihren Eltern für einige Tage verreist. Er habe sich mit Hildegard auch ein bißchen gestritten.

Oh, sagte Claudia, dann müsse Trumpener unbedingt nach Salzburg kommen. Oder sie fahre zu ihm. Oder sie könnten sich an einem schönen Ort treffen, am Rhein oder an der Donau.

Trumpener antwortete, er sei zur Zeit in Essen unabkömmlich. Er baue gerade ein neues Programm auf, man habe zu diesem Zweck sogar einen Systemanalytiker eingestellt. Daran könne Claudia sehen, wie wichtig und wie schwierig das neue Programm sei. Er, Trumpener, müsse, wenn das Programm getestet werde, manchmal sogar nachts heraus.

Nach einer Pause sagte Claudia, sie sei enttäuscht. Sie habe sich so auf das Wiedersehen gefreut. Sie habe sich in Gedanken ausgemalt, wie es sein werde, wenn sie Hand in Hand spazierengehen würden. Ob Trumpener vielleicht nur Zeit zum Überlegen brauche? Er könne ja später noch einmal anrufen. Sie werde am Telefon sitzen und auf diesen Anruf warten.

Trumpener antwortete zögernd, ihm falle gerade auf, wie unangenehm er sich fühle, er sei eben ein blöder Kerl. Eigentlich würde er am liebsten sagen, daß es ihn furchtbar aufrege, wenn ihm jemand so zusetze. Er traue sich aber nicht, denn dabei würde sich herausstellen, daß er eben doch ein widerlicher Kerl sei, jemand, der anderen Menschen keine Freude machen könne. Er wolle aber darüber nachdenken und werde wieder anrufen, heute noch, spätestens morgen.

BEIM STUDIUM der Stellenanzeigen in der Wochenendausgabe der Westdeutschen Allgemeinen Zeitung stellte Trumpener fest, daß sich fast jedes Angebot widersprach. Einerseits wünschten sich die Arbeitgeber jemanden, der auf Grund seiner Persönlichkeit überzeugte; andererseits legten sie ihn von vornherein auf ganz bestimmte Fertigkeiten und Erfahrungen fest. Persönlichkeit ist aber nicht nur die Summe von Fertigkeiten und Erfahrungen. Entscheidend war, wie jemand wirkte und immer schon gewirkt hatte. Dem ordneten sich dann alle anderen Systeme in wunderbarer Weise zu.

Mit der Zeitung in der Hand fragte sich Trumpener, wann er begriffen hatte, daß er mehr wollte als nur eine Fertigkeit, daß er Übergreifendes suchte.

Gefühle dieser Art hatte er zum ersten Mal als Kind, etwa, als er Fallschirme aus Seidenpapier vom Balkon schweben ließ, von einer Mauer mit einem aufgespannten Regenschirm auf einen Sandhaufen sprang, sich abends vor dem Einschlafen in die Empfindungen eines Raumfahrers versetzte, in dessen Einsamkeit, in die ungeheure Sehnsucht der Zurückgebliebenen nach ihm. Trumpener erinnerte sich auch an die Segelflugmodelle, die er nicht immer sorgfältig, nicht immer ganz symmetrisch zusammengeklebt, deren Flug in gleißender Sonne er aber vorausphantasiert hatte. Schon damals wußte er, daß er sich nicht in eine Welt einordnen wollte, in der man nur nach Fertigkeiten bewertet wurde. Und jetzt stand er vor seiner Bewährungsprobe. Würde er wieder enttäuscht werden wie gerade bei Hansa McBrinn, würde er resignieren oder würde er endlich ein Leben in Freiheit finden? Das Leben in Freiheit: das bedeutete für Trumpener, in seiner Bedeutung von allen Menschen erkannt und verstanden zu werden.

An seine Zukunft dachte er jetzt oft. Schon mit neun Jahren war er dauernd in seiner Zukunft gewesen. Er hätte zwar nicht sagen können, ob er einmal diesen oder jenen Beruf ausüben wollte – Flugzeugführer in einem ungeheueren magischen Cockpit war eine mögliche Vorstellung –; immer aber sah er sich im Mittelpunkt eines Geschehens, so, als gäbe es nur Trumpener: erfüllt, schwerblütig, wuchtig. Später sprachen seine Freunde manchmal schon von einer Wohnung, einer Frau, von Kindern. Das war Trumpener ganz unverständlich gewesen. Das Geschimpfe, das er von zu Hause kannte, wollte er nicht noch einmal erleben. Er zweifelte auch daran, daß er seine Familie hätte lieben können. Immer bescheiden, freundlich, langmütig und selbstlos: nein, Familienleben kam für Trumpener nicht in Frage. Zwar ahnte er, daß Alleinsein nicht schön ist; andererseits konnte man ja berühmt werden. Wer berühmt war, erhielt dauernd Beweise von Liebe, Zuneigung und Wertschätzung aus aller Welt. Man würde Trumpener pflegen, wenn er krank war, würde ihn sofort aus der Masse der Gefangenen aussondern und bevorzugt behandeln, wenn er zufällig in einem Krieg in Gefangenschaft geraten war, und immer würden ihn Mädchenaugen anstrahlen. Das Vernünftigste war wohl, einmal unverheiratet, dafür aber berühmt zu sein.

Dazu fielen Trumpener wieder die Segelflugzeugmodelle ein.

Oft hatte er mißmutig und verzweifelt vor seinen mißratenen Produkten gesessen; trotzdem trug er sie immer im Kopf mit sich herum. Wenn es ihm in der Schule langweilig wurde, überhaupt auf dem Weg zur und von der Schule, oder wenn unter dem Schweigen des Vaters mittags die Grießklößchensuppe mit Rindfleischfäden gelöffelt wurde: immer dachte Trumpener an seine weiß-gelblich bespannten Modelle, die an einer Wäscheleine über der Werkbank im Keller baumelten. Er hatte eine geschwisterliche Beziehung zu ihnen wie zu Rübezahl, wie zu den kleinen Zwergwesen, die in den Tunnels seiner Sandburgen im Garten hausten, wie zu einem Bären im Münchener Zoo, denn Trumpener bildete sich ein, daß er eine freundschaftliche Beziehung zu dem Bären hätte und daß der Bär an ihn dächte. Dann aber kam sein Vater in den Keller und lächelte spöttisch. Er bemerkte, daß die Holme in den Modellen schief saßen, die Bespannung unordentlich verklebt war und der Rumpf sich verzogen hatte. Der kleine Trumpener wurde trotzig und traurig, so, als könne er es jemandem übelnehmen, als habe ein anderer Schuld daran, daß die Modelle mißraten waren.

Auch ein anderes Gefühl tauchte wieder auf. In seiner Kindheit war es Trumpener oft, als fehlte es in seinen Fingern und Armen an Nerven, als dringe das, was er im Kopf beschlossen hatte, nicht ganz bis in die Fingerspitzen, ja, als seien Arme und Hände überhaupt schemenhafter und unkörperlicher als der übrige Leib. Dieses Gefühl hatte Trumpener nie ganz verlassen.

MIT HILDEGARD hatte er selbstverständlich hin und wieder telefoniert. Sie sollte wissen, wie viel ihm daran lag, seine Schuld – wenn es eine gab – einzusehen. Die Gespräche verliefen etwa so:

Trumpener fragte, ob Hildegard nicht völlig gleichberechtigt in der Ehe gewesen sei, er meine doch. Auch Hildegard konnte da nur zustimmen: Nein, sie habe Trumpener nichts vorzuwerfen. Sie wisse, alles liege an ihr, sie sei eben so komisch. Trotzdem habe sie es mit Trumpener nicht mehr aushalten können. Er möge bitte nicht böse sein, das sei nun ihre einzige Sorge. Darauf antwortete Trumpener, er hoffe immer noch, daß sie sich besinnen werde. Jetzt sei sie ja allein, das habe sie immer gewollt, jetzt könne sie herausfinden, weshalb sie ihn verlassen habe. Sie solle es ihm ruhig sagen, mit ihm, Trumpener, könne man immer reden. Oder ob sie sich nicht vorstellen könne, daß sie es noch einmal versuchten, er schon. Darauf sagte Hildegard, nein, das überlege sie immer wieder, sie könne es sich nicht vorstellen.

Trumpener fühlte sich nach einem solchen Gespräch aber nicht enttäuscht. Im Gegenteil, manchmal stieg eine warme Empfindung in ihm auf: Trumpener hatte ja immer noch Trumpener. Ganz würde er ihn nicht im Stich lassen. So sehr man ihn auch allein ließ, er lebte, er war immer noch vorhanden.

Wenn Trumpener dieses Gefühl von unsichtbarem Beistand hatte, konnte er ruhiger an Hildegard denken und sich erinnern. Er sah sie am Tisch im Wohnzimmer stehen und in einer Zeitschrift blättern; über die Zeitschrift warf sie ihm einen ihrer vorsichtigen Blicke zu und ging dann langsam hinaus. Trumpeners Blick folgte ihr beobachtend. Ich passe auf, ich bin ganz wach, hätte Trumpener laut sagen können, ich reagiere auf alles, was du tust. Mir wird man eines Tages nichts vorwerfen können.

Eigentlich, dachte Trumpener, war alles eine verdammte

Plackerei und Anstrengung gewesen. Schließlich gab es ja auch den Trumpener, der gern liebevolle Blicke gespürt hätte, Blicke voll Wärme, Blicke, denen jede Vorsicht fehlte. Aber was hätte er gemacht, wenn Hildegard tatsächlich und wider Erwarten plötzlich liebevoll und hingebend gewesen wäre? Zweifellos wäre es ihm peinlich gewesen. Er hätte das Gefühl gehabt, Hildegard erniedrige sich. Und das wollte er ja keinem Menschen auf der Welt antun.

WÄHREND TRUMPENER noch grübelte, fiel ihm ein, daß er vergessen hatte, einzukaufen. Vielleicht hatte er es nur deshalb vergessen, weil er sehr sparsam geworden war. Er dachte immer daran, daß sich Hildegard vielleicht scheiden lassen wollte und die Wohnungseinrichtung beanspruchte; dann hätte er sich neue Möbel kaufen müssen.

Es war kurz vor halb sieben. Trumpener kaufte im Supermarkt Brot, Butter, Limonade und eine große Flasche billigen italienischen Weins; das war schon alles. In der Metzgerei an der Ecke hatte er zu wählen zwischen einfacher und feinerer Fleischwurst. Die feinere Wurst hatte weniger Fett, war aber teurer. Trumpener entschied sich für das billigere Angebot. Dann stieg er wieder die Treppen zu seiner Wohnung hinauf, schloß die Tür auf und stellte die Einkaufstasche auf den Küchentisch. Es war still wie an jedem Abend. Trumpener ahnte, daß es fürchterliche Tiefen der Depression gab, die er nicht aushalten könnte. Also muß man, wenn man allein ist, planen. Er beschloß, in Zukunft ganz präzise und lange vorher festzulegen, was er an welchem Abend unternehmen würde.

Zuerst rief er Michael Oellers an. Am Telefon war aber nur dessen Mutter.

Nein, sagte sie, Michael sei nicht da, schon seit drei Wochen aus dem Haus, und Silke sei verreist. Ob er, Trumpener, nichts davon gehört habe? Nein, nicht eigentlich krank. Michael sei freiwillig in eine Klinik gegangen, zur Entziehung. Ganz freiwillig, selbstverständlich. Nein, besuchen könne man ihn jetzt nicht.

Als er den Hörer aufgelegt hatte, konnte Trumpener ein Gefühl von Triumph nicht unterdrücken. Da versuchten also zwei Leute, der Einsamkeit zu entkommen; die Ehe war ein Mittel dagegen. Die Einsamkeit hätte zu Ende und Zutraulichkeit, Hilfe, Behaglichkeit hätten für spätere Jahre garantiert sein sollen. Das war die Vorstellung gewesen. Nun das. Anderen erging es nicht besser.

Trumpener saß auf der Ecke des Sofas; die Wohnung war wie immer bis in den letzten Winkel aufgeräumt. Dafür sorgte er. Und plötzlich begriff er, daß er an diesem Abend nichts vor sich hatte als eine Flasche Wein und die Zuversicht, daß er einschlafen würde, wenn er die Flasche ausgetrunken hatte. Er stand auf, öffnete die Balkontür und trat hinaus. Die Baumkronen neigten sich ihm zutraulich zu, Licht glomm hinter den Fensterscheiben in der Nachbarschaft. Unten schlichen Autos suchend durch die Straße, parkten mit einer plötzlichen Schwenkung ein. Trumpener dachte an seine Mitarbeiter bei Hansa McBrinn: die schwitzten jetzt in einer Turnhalle beim Volleyball oder spielten Skat oder lasen oder sahen fern oder füllten die Steuererklärung aus oder holten die Wäsche aus dem Trockenraum, wie er es früher getan hatte. Niemand sah es ihnen an, vermutlich aber waren es diejenigen, die im Geheimen glücklich waren.

Trumpener spürte das kühle Metallgeländer in seinen Händen. Da wenigstens war etwas, was er deutlich fühlte.

TRUMPENER schlief schon tief, als ihn das Telefon mit nörgelndem Ton weckte. Er nahm den Hörer ab, sagte »Ja?«, setzte sich stöhnend auf, lehnte sich mit dem Rücken an das Kopfteil und sagte: »Ach, du bist's«, nun schon munterer: »Wieso rufst du überhaupt an? Woher weißt du, daß Hildegard nicht zu Hause ist?«

Claudia mußte Trumpener daran erinnern, daß Hildegard mit ihren Eltern verreist sei; jedenfalls habe das Trumpener vor einigen Tagen noch behauptet.

»Richtig«, antwortete Trumpener.

Darauf sagte Claudia, sie habe den ganzen Tag über Hildegard nachdenken müssen: wie geduldig sie doch ist, sie scheint Trumpener wirklich zu verstehen. Vielleicht hat er sie nie richtig gesehen. Vielleicht hat er nicht erkannt, daß Hildegard längst eine erwachsene Frau ist, oder er wollte sich nicht eingestehen, daß sie erwachsen ist. Liege eventuell alle Schuld bei Trumpener? Das solle er sich doch einmal überlegen.

Georg Trumpener wurde, während er zuhörte, unruhig – wie immer, wenn sich jemand von ihm entfernen wollte. Nein, so sei es nicht, antwortete er. Hildegard sei zwar geduldig und verständnisvoll, wie Claudia gesagt habe, aber so richtig erwachsen, das sei sie nun doch noch nicht. Allerdings sage er das mit allen Vorbehalten. Er wolle Hildegard ja nicht abwerten, denn er stehe zu ihr. Sie sei ein sehr liebenswerter Mensch.

Gut, sagte Claudia, sie habe ja auch nicht wegen Hildegard angerufen. Eigentlich gehe sie Trumpeners Ehe nichts an. Sie müsse aber mit Trumpener sprechen, denn sie habe endlich einen Menschen gefunden, einen Menschen, der in einer unübertreffbaren Weise sie, Claudia, in jeder Gefühlsregung verstehe, dem sie unendlich wichtig, der sehr auf sie angewiesen sei. Obwohl sie mit niemandem darüber habe sprechen wollen, könne sie es doch nicht lassen. Wenigstens Trumpener müsse sie sich anvertrauen.

Vor zwei Tagen also habe Ursula Giesling angerufen, eine alte Freundin. Sie hätten sich fünf Jahre nicht gesehen, und Ursula habe gleich gesagt, sie brauche dringend einen Menschen, mit dem sie reden könne. Sie hätten sich deshalb in einem Café getroffen; später seien sie zu ihr, Claudia, gegangen. Ursula sei krank. Sie werde vielleicht nur noch ein bis zwei Jahre leben. Zwar arbeitete sie noch in der Städtischen Bibliothek in Salzburg, aber das werde sie nicht mehr lange aushalten können, obwohl ihr Arzt gesagt habe, sie solle so lange wie möglich arbeiten, denn wenn sie allein zu Hause sitze, werde es ihr noch schlechter gehen. Ursula habe sich nämlich kürzlich scheiden lassen. Sie brauche also jemanden, und den habe sie in ihr, Claudia, gefunden. Der Tod habe seinen Schrecken verloren, seit Ursula ihm nicht mehr allein entgegengehen müsse. Jemand sei nun bei ihr, der sie bis zum letzten Augenblick nicht verlassen werde, denn Ursula sei ein einmaliger Mensch, von einer Gefühlstiefe, einer Intensität, die man im Leben ganz selten finde. Ob Trumpener verstehe, daß es etwas ganz Großes sei, wenn einem ein solcher Mensch begegne? Sie hätten gestern sogar zusammen geweint, so bewegt seien sie gewesen.

Etwas verdutzt antwortete Trumpener, er habe immer gewußt, daß Claudia jemanden brauche, der sie ganz und gar in Anspruch nehme. Mehr falle ihm aber dazu jetzt nicht ein.

Während er noch sprach, sah er plötzlich Claudia vor sich. In ihren Armen hält sie eine Wiege, in der ein bleiches, eben konfirmiertes Mädchen im schwarzen Kleid liegt. Dann trägt auch Claudia ein schwarzes Kleid: sie reckt sich hoch auf wie in einem Zerrspiegel, eine Pastorenrosette umkränzt ihren Hals, ihr Gesicht ist halb zum Himmel gewandt, die Todeswiege in ihren Händen winzig geworden, Wolken ziehen hinter ihr in Schulterhöhe vorbei.

Diese Vorstellung erschreckte Trumpener sehr. Fast kam es ihm so vor, als liege er in dieser Wiege oder sei ihr gerade entsprungen oder müsse schrumpfen, damit er in die Wiege passe. Einen Augenblick fühlte er sich so, als bestehe er aus Bruchstücken.

Er legte den Hörer auf. Von einer Straßenlaterne fiel Licht herein und warf Trumpeners Schatten und den Schatten des Fensterkreuzes gegen die Rauhfaserwand. Trumpeners Schatten hatte zerfließende, wild bewegte Konturen: er beobachtete diesen Schatten, der auch er war, und fand, daß er sich so am besten ertragen konnte. So konnte er sich stundenlang zusehen. Er war es und war es doch nicht. So hatte er sich am liebsten.

IN DEN FOLGENDEN TAGEN versuchte Trumpener mehrmals, Hildegard zu erreichen. Im Büro, bei Krupp, meldete sich Frau Tillmann und sagte, Hildegard habe einige Tage Urlaub genommen; in Werden kam immer Hildegards Mutter ans Telefon. Einmal sagte sie, Hildegard sei bei ihrer Cousine, dann am nächsten Tag, Hildegard habe mit ihrer Freundin Waltraud einen Ausflug ins Bergische Land gemacht. In Mettmann solle Erbsensuppe gegessen werden, Erbsensuppe esse Hildegard ja für ihr Leben gern, obwohl natürlich alles, die ganze Trennung, furchtbar sei. Sie, die Mutter, wisse einfach nicht, was ihr Kind wolle.

Tags drauf rief Hildegard selbst an. Was denn los sei?

Ob sie sich denn gar nichts vorstellen könne? fragte Trumpener.

Nein, antwortete Hildegard, sie habe keine Ahnung.

In ihrer Stimme war Ungeduld; man stellte sie schon wieder auf die Probe, beurteilte sie, verlangte etwas von ihr.

Am Samstag sei doch ihr Hochzeitstag! sagte Trumpener.

Ach so, antwortete Hildegard, das habe sie ganz vergessen.

Schon wieder diese Widerborstigkeit. Trumpener fühlte es: Hildegard hatte den Hochzeitstag mit Absicht vergessen. Trotzdem blieb er tapfer bei der Sache und sagte, er habe eben nichts vergessen, und der Hochzeitstag sei eine Gelegenheit, zum Beispiel miteinander essen zu gehen. Man brauche ja nicht viel zu reden: nur einfach mal nett zusammensitzen.

Ach, antwortete Hildegard, sie wisse nicht, ob das noch einen Sinn habe.

Trumpener zeigte jetzt rein intellektuelle Neugier. Was denn keinen Sinn habe? fragte er. Er wolle es einfach wissen, nur so, es interessiere ihn eben, was Hildegard gegen ein gemeinsames Essen am Hochzeitstag habe.

Gerade darüber müsse man sich doch Gedanken machen, finde er. Vielleicht habe er auch Unrecht, das sei natürlich möglich. Trotzdem solle Hildegard bitte sagen, was sie gegen eine Verabredung am Samstag habe. Immerhin, wie gesagt, es sei ihr Hochzeitstag.

Nach einigem Hin und Her gab Hildegard schließlich nach. Am Samstag, dem 21. Juli, es war der sechste Hochzeitstag, fuhr Trumpener am späten Vormittag nach Werden und holte Hildegard bei ihren Eltern ab; erst im Auto fiel ihm ein, daß er vielleicht Blumen hätte kaufen sollen. Der Hochzeitsausflug begann mit einer langen Autofahrt: über die Rheinbrücke und an Köln vorbei, hinter Köln nach Süden und dann von der Autobahn herunter in die Vulkaneifel. Sie fuhren in der dünnen, blaßblauen, von Helligkeit erfüllten Höhenluft, durch eine Landschaft aus großen, sparsam bewachsenen Hügeln, und irgendwann ließ Trumpener die Autokarte beiseite und bog auf eine stille Landstraße ab. Auf einem Höhenkamm hielt er das Auto für eine Zigarettenlänge an. Er fühlte sich seltsam, während er mit der Frau, mit der er lange Jahre so nahe zusammengelebt hatte, auf dem einsamen Höhenkamm am Auto lehnte und rauchte. Später wird er sich manchmal fragen, ob er tatsächlich mit Hildegard auf dieser Höhe in der Eifel gestanden oder alles nur geträumt hat.

Nachmittags dann tranken sie im Freien vor einem Landgasthof Milch und aßen ein Stück Kuchen dazu; zu Abend aßen sie im Schloß Hugenpoet. Jetzt endlich konnte Trumpener in aller Ruhe, weder vom Verkehrsgeschehen noch von der Landschaft abgelenkt, mit Hildegard sprechen.

Was sie nun heute über ihren Auszug denke? fragte er. Hildegard spielte auf der Stelle wieder ihre Hilflosigkeit aus. Sie wisse es nicht, antwortete sie, sie könne es einfach nicht sagen, es sei zwecklos, sie zu fragen. Sie habe nur gewußt, daß sie es bei Trumpener nicht mehr habe aushalten können.

Trumpener sagte darauf, es sei aber wichtig für ihn, zu wissen, ob er sie etwa eingeschränkt oder bevormundet habe. Ja, es sei sogar ihre Pflicht, ihm das genau zu erklären. Er habe nämlich überhaupt keine Ahnung. Ob er etwas falsch gemacht, ob er sie schlecht behandelt habe?

Nein, nein, antwortete Hildegard. Alles sei einzig und allein ihre Dummheit.

Das nun glaube er nicht, sagte Trumpener. Hildegard sei im Gegenteil außerordentlich intelligent. Dafür habe er einen Blick. Und wenn sie jetzt behaupte, alles sei nur ihre Dummheit, müsse er sich fragen, ob sie nicht doch einen ganz kleinen Vorwurf gegen ihn erhebe, den sie nur nicht offen aussprechen wolle. Denn er wisse ja, daß er Fehler habe, vielleicht sogar den einen oder anderen großen Fehler. Deshalb sei es ihre Pflicht, ihn darauf aufmerksam zu machen. Er sei nämlich ein Mensch, der seine Fehler kennenlernen wolle, um sich zu ändern.

Sie denke nicht, antwortete Hildegard, daß er so große Fehler habe.

Trumpener sagte, es könnten ja auch kleinere Fehler sein. Aus Erfahrung wisse man doch, daß einem manchmal schon Kleinigkeiten ungeheuer auf die Nerven gingen. Er werde im Geschäft zum Beispiel manchmal richtig ungeduldig, wenn jemand zu lange auf ihn einrede. Vielleicht habe auch er manchmal zu lange geredet mit ihr, Hildegard.

Quatsch, sagte Hildegard.

Trumpener war einen Augenblick erstaunt. Dann sagte er, vielleicht seien es keine offensichtlichen Fehler, die Hildegard so aufgebracht hätten. Vielleicht sei es nur eine ganz bestimmte Wesensart, die er noch nicht erkannt habe, die aber für Hildegard nicht erträglich sei. Aber das lasse sich ja ändern. Auf jeden Fall denke er, daß man nicht die Flinte ins Korn werfen dürfe. Es seien sonst zu viele Jahre verloren.

Plötzlich, während Trumpener noch sprach, legte Hildegard Messer und Gabel beiseite. Ohne Trumpener anzublicken, sagte sie: »Wenn du so weiterredest, gehe ich raus, nehme mir ein Taxi und fahre nach Hause. Ich kann dich nicht mehr hören.«

Eine Weile saß Trumpener ganz entsetzt da. Einerseits stand fest, daß er sich einwandfrei verhalten hatte, daß er ehrlich bemüht gewesen war, Hildegards Schwierigkeiten zu verstehen, andererseits fühlte er sich schuldbewußt. Noch zu Hause, während er ein Bier trank, sah er Hildegard vor sich: fast mit einem Knall hatte sie Messer und Gabel auf den Tisch gelegt.

Am Abend darauf rief Trumpener Hildegard an und sagte etwas kleinlaut, er verstehe nicht, warum sie sich gestern plötzlich so aufgeregt habe. Er habe gegrübelt und gegrübelt, aber es sei schwierig.

»Dann denk mal richtig nach«, sagte Hildegard. Sie schien dabei zu lachen.

Vielleicht, antwortete Trumpener, habe er wieder einmal zu gründlich geredet. Gründlichkeit aber hänge nun einmal mit seinem Beruf zusammen.

TRUMPENER war froh, als er das Wochenende hinter sich hatte. Nach dem kurzen Gespräch mit Hildegard hatte er noch zwei Flaschen Bier getrunken und deshalb einigermaßen durchgeschlafen, aber ohne Bier wäre es wohl eine miserable Nacht gewesen. Das vermutete er, als er am Montagmorgen zum Fenster schlurfte und sich die Bartstoppeln rieb.

Gleich mußte er in die Firma fahren. Natürlich wußte es jeder, und wer es nicht wußte, dachte es: er würde an seinem Platz sitzen wie eine Leiche auf Urlaub.

Zwei Kaninchen hoppelten draußen über den Rasen. Die Büsche am Rand der Wiese erinnerten an Urlaubsglück. Der seidenblaue Himmel wartete auf einen Drachen, der aufstieg. Das alles gab es auch noch.

Trumpener ging im Schlafanzug hinunter zum Briefkasten und holte die Zeitung herauf. Als er bis zum Lokalteil gelesen hatte, blickte er auf die Uhr. In der Firma hatte der Dienst begonnen.

Trumpener wählte Frau Bader an. »Ist der Chef schon da?« fragte er.

Nein, sagte Frau Bader, wo Trumpener denn stecke. Sie habe ihn nicht kommen sehen.

»Ich bin zu Hause«, antwortete Trumpener. »Keine Lust.«

Köstlich, köstlich, sagte Frau Bader. Es hörte sich an, als kichere sie.

»Fragen Sie Wingenbach – nein, sagen Sie ihm bitte, ich nehme eine Woche Urlaub. Muß sowieso mal zum Arzt. Wenn Wingenbach was dagegen hat, kann er mich ja anrufen. Aber der vermißt mich schon nicht.«

Als Trumpener gefrühstückt hatte, fuhr er in die Innenstadt und schlenderte durch die warmen, summenden Räume der Kaufhäuser. Dann wurden seine Beine müde; er setzte sich in ein Café und bestellte Kakao und Käsekuchen.

Trumpener fühlte sich wie ein Kranker, wie jemand, der Pause machen darf, weil er abgenutzt ist. Die Adern sind erschlafft, das Blut kreist stockend, Kristalle setzen sich in den Gelenken ab, das Herz schmerzt, weil es an Sauerstoff fehlt, der Kopf wird dämmerig. Wer so krank ist, kann nur noch umfallen.

Trumpener sah sich um: eine Mutter mit ihrem Töchterchen, ein graugesichtiger Rentner, zwei Schüler, die Kellnerin mit weißblondem Haar und straffen Bewegungen und draußen, vor den Fenstern, eine geräuschlose, bewegte Welt.

ABENDS wußte Trumpener nicht, was er mit sich anfangen sollte. Eher lustlos trieb er etwas Sport, Freiübungen bei offenem Fenster; dann ließ er Wasser in die Badewanne laufen und holte sich ein Bier und die Zeitung. In der Wanne schlug er den Lokalteil auf. Die Zeitung raschelte, der Gebrauchtwagenmarkt bot alle erträumten Autos, das Bier schmeckte. Trumpener fühlte seinen warmen, entspannten Körper und hielt es nicht mehr aus. Er will einfach einmal nach Werden fahren und sehen, ob Hildegards Auto vor dem Haus steht.

Kurz nach acht, es dämmerte schon, fuhr Trumpener also am Baldeneysee vorbei über die Ruhrbrücke und durch Werden hindurch an den Stadtrand und parkte ein Stück von Hildegards Elternhaus entfernt, aber so, daß er das Haus im Auge behalten konnte. Später wird er nicht behaupten, daß er Glück hatte, obwohl er sich freute, als Hildegard tatsächlich, nachdem er eine Zeitlang gewartet hatte, aus dem Haus kam. Sie stieg in ihr Auto und fuhr davon. Trumpener folgte ihr mit Abstand. Auf der Serpentine nach Essen hinauf drängten sich überholende Autos zwischen ihn und Hildegard, und er verlor sie kurz aus den Augen, fand sie aber wieder, als sie in einen Waldweg abbog. Langsam fuhr Trumpener hinterher bis zu einem Parkplatz unter Bäumen. Wer im Wald spazierengehen wollte, konnte hier sein Auto abstellen. Trumpener hielt an. Hildegards Wagen war leer; neben ihrem kleinen Renault stand ein BMW.

Viel erkennen konnte Trumpener in der Dämmerung nicht. Einmal hörte er Stimmen oder Laute wie hinter einer Glaswand. Dann tauchte hinter der Heckscheibe des BMW ein Männerkopf auf, verschwand wieder, und kurz war der Kopf einer Frau zu sehen. Als auch der verschwunden war, glaubte Trumpener ein nacktes Knie und ein Stück Schenkel zu erkennen. Ganz ungeniert sah Trumpener hin. Er hatte ein Recht, hier in Ruhe zu parken. Er sah auch nicht weg, als er helle, kleine Schreie hörte. Dann war es still.

Als sich etwas später eine Tür des BMW öffnete, rutschte Trumpener in seinem Wagen nach unten. Eine Frau stieg aus, zupfte ihre Kleider zurecht und beugte sich in den BMW zum Abschiedskuß. Während sie sich umdrehte und zu ihrem Renault ging, begann Trumpener langsam zu begreifen.

Zunächst ist festzuhalten, daß er weder Wut noch Rachsucht empfand, eher ein leises Bedauern. Schon sein Leben lang hatte er sich gewundert, wie milde er auf die Verfehlungen anderer reagierte. Zwar vergaß er sie nie, aber schon bei der Entdeckung von Verfehlungen und Schuld flossen Empfindungen in ihn ein, die ihm sagten, daß ohnehin nichts zu machen sei, daß es gefährlich ist, böse zu werden. Kurz und gut, Trumpener beschloß, erstmal nichts zu fühlen.

Trotzdem schossen ihm, während er sich noch hinter dem Steuer duckte, Fragen durch den Kopf. War Hildegard nicht immer treu gewesen, rührend, lieb, anhänglich? Und bescheiden, nachgiebig, anspruchslos, zärtlich, allerdings nie begehrlich? Hatte sie etwa nicht einen gutmütigen, großzügigen Mann? Wußte er nicht immer eine Antwort? War er nicht immer mit Rat und Tat zur Stelle, und wenn es sich nur um einen Defekt im Haushalt drehte?

Trumpener richtete sich auf, als der Renault abgefahren war. Er beobachtete, wie auch der Mann aus dem BMW ausstieg; er sah sich aber nur die eingeschalteten Rücklichter an. Es war ein weißblonder Mann mit einem rosafarbenen Gesicht. So sehen moderne Gangster aus: weißblond und rötlich.

Auf der Heimfahrt verwirrten Trumpener die sich überstrahlenden und kreuzenden Lichter der Autoscheinwerfer und Bogenlampen. Er fühlte, daß seine Welt erst dann wieder überschaubar sein würde, wenn er in seiner Wohnung oder sicherer in einer Ecke der nächst gelegenen Wirtschaft saß. Er wird sich also ein großes Bier und zwei Frikadellen mit Senf bringen lassen, der Kellner wird ihn verständnisvoll bedienen, die Männer an der Theke ihm kurze Blicke zuwerfen, die ihn gelten lassen, der Wirt ihm zunicken: immerhin ein kleiner Gewinn.

Trumpener hatte bislang ein vernünftiges und anständiges Leben geführt. Daß Hildegard nun plötzlich etwas tat, was verheiratete Leute eigentlich nicht tun, nahm ihrer gemeinsamen Vorgeschichte die Seriosität. Hildegard hatte Trumpener befleckt. Sie hatte ihre Gemeinsamkeit befleckt: ein Mann, der zugeben mußte, daß ihn seine Frau verlassen hatte, daß sie dann mit einem anderen im Auto saß, hatte nicht das Geringste mehr gewöhnlichen Männern voraus. Das war etwas, von dem Trumpener nicht wußte, wie er es ausgleichen sollte.

SCHON IN DER WIRTSCHAFT, bei Bier und Frikadellen, dann auf dem Heimweg, dann allein in seinem Bett überlegte Trumpener, ob er nun, da er sowieso Urlaub genommen hatte, nicht für einige Tage verreisen sollte.

Er besorgte sich also Prospekte aus einem Reisebüro und studierte Anzeigen in der Zeitung, obwohl im klar war, daß er mit einem einzigen Gehalt leben und ganz sparsam sein mußte. Im Bayerischen Wald zum Beispiel konnte man noch für sechzehn Mark privat in Vollpension wohnen: vielleicht aber in einem Haus mit einem düsteren Flur, und abends sitzt man auf dem Bett und liest, und dann kann man nicht einschlafen. Der Gedanke war schrecklich. Ein Kurzurlaub an der Nordsee, auf einer Insel, wäre zu teuer gewesen. Trumpener hätte sich schon über die Kosten für die Fähre geärgert. Auch London oder Paris waren nicht gerade billig. Außerdem fühlte sich Trumpener zu erschöpft für große neue Eindrücke. Und gegen eine Pension mit Waldschwimmbad in Schwaben sprach, daß vielleicht nur ältere Leute zu Gast waren, die nichts mehr im Leben vor sich hatten und daran erinnerten, daß es immer so oder so ausgeht: wenn man getrennt wird, bekommt man Angst, wenn man zusammenbleibt, wird man bitter und resigniert.

In Bayern wäre es natürlich am lustigsten gewesen. Trumpener hätte in Steingaden am Fuße der Alpen in einem breithüftigen, gemütlichen Gasthof wohnen können; ein bis zwei Glas Bier hätten für die nötige Schlafschwere gesorgt. Aber das kannte Trumpener schon: selbst im stillsten Winkel Horden von aufgedrehten und aufgekratzten Leuten, junge, gutverdienende Männer mit BMW und einer Freundin in strammen Seidenhosen. Der Gedanke stach widerwärtig. Trumpener wird herumsitzen und merken, daß er dieses lustige Leben nie mitbekommen hat und nie mitbekommen wird. Er wird sich ärgern, daß er nicht in einen ganz abgelegenen Ort gefahren ist, wo man auf einem Feldstein sitzen und in das liebe, zutrauliche Land hinausblicken kann.

Diesen Ort hätte Trumpener sicher in der Oberpfalz gefunden. Aber über der Oberpfalz schwebte eine unendliche, aus Jahrhunderten herrührende Traurigkeit. Es war das Land seiner Voreltern: fast jedes Städtchen hatte in seiner Chronik einen Tag stehen, an dem es abgebrannt worden war. Trumpener dachte mit einem besonderen Gefühl an die jungen, blühenden Frauen und Mädchen, alle vergewaltigt und niedergemetzelt, und irgendein armer Dieb, den der Landvogt mit Daumenschrauben foltern ließ, läuft mit eingewickelten Fingern neben dem Pferd eines Büttels her, die ihn nach Genua auf die Galeeren bringt, und die Heimatgemeinde streicht das Kopfgeld ein.

Nein, die Oberpfalz war nicht geeignet.

Trumpener setzte sich knurrend auf die Couch im Wohnzimmer und starrte vor sich hin. Er fühlte, daß er immer ärmer und ärmer wurde. Nichts freute ihn noch, nichts wird ihn jemals mehr freuen.

Tags drauf rief Trumpener in der Pension »Fernblick« im Solbad Laer an und bestellte ein Einzelzimmer für eine Woche. Laer lag, das zeigte die Autokarte, bei Bad Rothenfelde am Fuße des Teutoburger Waldes. Der Wirt des »Fernblick« versicherte, daß seine Pension wie der Ort ruhig und schön seien, nicht so überlaufen, gottseidank. Und wenn man jeden Tag in Laer Solebäder nehme und in Bad Rothenfelde an den Salinen spazierengehe, könne man sich eine bessere Erholung nicht wünschen.

EHE TRUMPENER ABREISTE, unterwarf er sich einer Pflicht-
übung. Er bewarb sich um eine offene Stelle, die in der
Zeitung ausgeschrieben stand, obwohl ihm wenig an einer
neuen Stelle gelegen war. Er haßte sie alle: die, die er so
gut wie verloren hatte, und die, die er sich erst noch
suchen sollte. Trotzdem rief er beim Bautenschutz Bochum an. Dort wurde ein begeisterungsfähiger Programmierer gesucht für ein junges, aufstrebendes Team,
das im Markt ein gewichtiges Wort mitredete. Trumpener
möge sich bitte vorstellen.
Der Bautenschutz Bochum war ein schmucker, mittlerer
Betrieb am Rande der Stadt. Alle Betriebe dieser Art, ob
schmuck oder nicht, klein oder groß, sahen harmlos,
manchmal sogar zutraulich aus, wenn man an ihnen nur
vorbeifuhr. Sobald man aber als Bewerber auftrat, war
alles ganz anders. Trumpener fühlte sich so, als stoße er
mit dem Kopf in einen graublauen Raum hinein, in dem
drei Gesichter schwammen, zwischen denen Tabaksqualm quirlte. Immerhin konnte er die waagerechten
Striche der hellfarbenen Holzmöbel von der Antarktis
der weißen Zeichenblätter und der Kühle der lederbezo-
genen Sessel unterscheiden.
Es war sagenhaft, was diese Firma in den letzten Jahren
geleistet hatte: Millionen-Aufträge aus dem Ostblock,
Herr Kramer zum Beispiel war sechs Wochen lang in
Moskau und Kiew gewesen und schließlich sogar bis
Ulan Bator geflogen, das hatte die Hauptmenge gebracht.
Die Aufträge waren fast nicht zu schaffen. Dabei entwick-
kelte die Firma ständig neue Produkte, und gerade diese
Vielzahl von Produkten erforderte jetzt eine elektronische Datenverarbeitung. Das aber war eine Arbeit, für die
man eine Zeitlang, zwei Jahre, sein Privatleben vergessen
mußte, eine Aufgabe für ein schlagkräftiges Team, dem es
egal war, ob man abends bis zehn Uhr oder länger
zusammensaß. Es machte ja schließlich auch Spaß. Wer

keinen Spaß daran hatte, sollte besser gar nicht erst anfangen.

Trumpener versicherte, daß er interessiert sei. Natürlich müsse man sich einsetzen, das sei klar.

Er fuhr nach Essen zurück in der Gewißheit, daß er diese Stelle nie antreten werde. Ein Nachtwächterposten, das wäre jetzt das Richtige gewesen.

AM NÄCHSTEN MORGEN packte Trumpener für den Urlaub in Laer. Er tat es müde und langsam. Schon oft in seinem Leben hatte er gedacht, jetzt ist alles in Ordnung, jetzt hast du Ruhe, jetzt weißt du, wie du es machst. Nun war nichts mehr in Ordnung. Ein diffuses Tribunal – hinter Wingenbach standen Meinungen, Urteile, Absichten, die andere mit ihm teilten, vielleicht sogar der Aufsichtsrat – hatte über Trumpener entschieden. Seitdem war er nichts mehr wert. Was immer er tun, was immer er sagen würde, er mußte sich wie ein Clown vorkommen. Am liebsten hätte er nicht an den Tag gedacht, an dem er wieder in der Firma erwartet wurde. Auch Claudia in Salzburg, Roswitha hier beunruhigten ihn nur, sonst nichts. Alles schien geschaffen, ihn unglücklich zu machen.

Im Kleiderschrank stieß Trumpener auf ein Badetuch mit den eingestickten Buchstaben H. T. Das hieß Hildegard Tesche. Er legte das Tuch schnell beiseite. Damit er sich in Laer ab und zu ein Brot streichen konnte, holte er aus der Küche ein Brettchen und ein Messer. Im Besteckkasten lagen Serviettenringe, auf denen ebenfalls H. T. stand. Trumpener drückte den Kasten zu, diesmal ganz schnell, denn er wollte an nichts mehr erinnert werden. Aber das war schwer.

Während er noch packte, öffnete sich die Wohnungstür. Hildegard ging zuerst ins Wohnzimmer, dann in die Küche.

»Du bist ja zu Hause«, sagte sie. »Ich dachte –«

»Ich fahre in Urlaub«, sagte Trumpener, »deshalb bin ich nicht in der Firma.«

»Wohin fährst du?« sagte Hildegard und dann, ohne die Antwort abzuwarten: »Ich wollte nur ein paar Sachen abholen.«

»Können wir nicht miteinander reden?« fragte Trumpener.

»Wozu?« antwortete Hildegard. »Ich kann jetzt nichts sagen.«

Er ist sicher, daß Hildegard nicht alles suchte und fand, was sie mitnehmen wollte. Erst ging sie ins Schlafzimmer, dann ins Wohnzimmer; dann kam sie in die Küche zurück, in der Trumpener wie betäubt stand.

»Ich muß aber mit dir reden«, sagte er.

»Ich nicht«, antwortete Hildegard fast fröhlich, »ich habs eilig. Ruf mich doch aus dem Urlaub an.«

BEI LENGERICH, auf dem Weg nach Laer, verließ Trumpener die Autobahn und fuhr über Landstraßen weiter. Ein Stechen im Herzen hatte eingesetzt; deshalb fuhr er langsam und möglichst entspannt. Er hoffte, so könne er sich erholen und das Schlimmste, wie schon sein Leben lang, verhindern.

Auf einer Straße mit hohen gras- und strauchbewachsenen Böschungen zu beiden Seiten wurden die Stiche stärker. Eine Bleikugel schien in seinen Bauch zu plumpsen. Trumpener konnte nicht mehr richtig durchatmen. Das war es wohl. Es hatte ihn erwischt.

Trumpener fuhr rechts an den Straßenrand heran und stieg aus. Er wagte aber nicht, sich zu setzen. Da wäre er hilflos gewesen.

Es hatte einen Riß in ihm gegeben, das spürte er. Er war verwundet. Er ging ganz langsam, mit schleppenden Schritten am Straßenrand hin und her.

Nach einer Weile stach es nicht mehr. Nur ein Krampf saß noch in der Brust, aber Trumpener konnte wieder freier atmen, und er war nicht umgefallen.

Er setzte sich ins Auto und fuhr langsam weiter.

IN LAER, auf dem Parkplatz vor der Pension »Fernblick«, blieb Trumpener eine Weile im Auto sitzen und beobachtete das Haus und die Umgebung. Weit und breit war niemand zu sehen. Ein großer, aus rotem Backstein gefügter Erker wölbte sich im ersten Stock über einem Stück Garten; einmal glaubte Trumpener, hinter einem der Fenster bewege sich etwas, aber das war eine Täuschung. Vielleicht wurde er nicht einmal erwartet. Er fragte sich, ob er zuerst ohne Gepäck ins Haus gehen und nach einem Zimmer fragen sollte, einfach, damit er sich in Ruhe umsehen und herausfinden konnte, wie er sich hier fühlen würde; dann verwarf er seinen Plan. Immerhin war ja nicht auszuschließen, daß ihm alles auf den ersten Blick gefiel. Unter dieser Voraussetzung wäre es aber peinlich gewesen, hätte er erklären müssen, weshalb er sich zunächst nicht zu erkennen gegeben hatte. Und hätte er sich dann mit einem falschen Namen eingetragen und wäre er, krank wie er war, in dieser Pension gestorben, hätte man ihn unter falschem Namen begraben. Es gab ja genug Leute, die allein in einem Hotelzimmer gestorben waren, der russische Dichter Tschechow zum Beispiel in Paris, und bestimmt war es traurig, ganz allein in einem Hotelbett auf den Tod zu warten. Oder fühlte man sich anders, wenn Leute um einem herumstanden? Starb man nicht vielmehr etwas weniger, wenn wenige Leute oder niemand Zeuge waren?

Trotzdem wollte Trumpener nicht sterben. Er wollte gefaßt in eine neue, zwar immer mehr schrumpfende, aber auch immer stiller werdende Zukunft hineinwandern. Irgend etwas, irgend jemand verbot ihm das Sterben, schloß es unter allen Umständen aus, jemand, der sagte: Wenn du mir das antust, dann ist es restlos aus mit uns. Dann lasse ich dich wirklich allein.

Trumpener stieg aus dem Auto, holte den Koffer aus dem Kofferraum und ging über den Parkplatz zur Pension. Es stach noch in der Brust; da war es besser, in einem Bett zu liegen, selbst wenn man möglicherweise darin starb. Trumpener wollte sich schnell vergraben, in frischer, weißer, kühler Bettwäsche ausstrecken.

Der Wirt, ein Mann mit Vollbart, war nicht unfreundlich. Für Trumpener war ein Zimmer zum Garten reserviert, freilich ohne Dusche, aber es tat Trumpener wohl, einen leeren Kleiderschrank zu öffnen und seine Sachen in viele aufnahmebereite Fächer zu verteilen. Im Garten gab es sogar ein Schwimmbecken.

NATÜRLICH war Trumpener nicht unvernünftig. Vom Wirt des »Fernblick« ließ er sich einen Arzt empfehlen, einen Dr. Dreykorn. Er wolle sich bloß was verschreiben lassen, sagte Trumpener und machte sich auf den Weg. Der führte zwischen mannshohen Hecken, Feldern, kleinen eingezäunten Wiesen hindurch; der Arzt wohnte ein wenig außerhalb. Während Trumpener einen Fuß vor den anderen setzte, atmete er ruhig. Er schwitzte etwas, der Sommerwind kühlte, die Füße beklagen sich über das ungewohnte lange Gehen. Das Merkwürdige und von Trumpener zunächst nicht Bemerkte war, daß er mit seinem Körper allein war.

Der Arzt horchte und klopfte Trumpener ab und fragte dann: »Hatten Sie schon früher mal was? Herzbeschwerden?«

Trumpener hatte noch nie bei einer Untersuchung zugegeben, daß ihm etwas fehlte oder früher gefehlt hatte. Das Ziel jeder Untersuchung war für ihn, festzustellen, daß er kerngesund sei.

»Nein«, sagte er also, »Nichts dergleichen, am Herzen schon gar nichts. Auch bei der letzten Untersuchung war das Herz einwandfrei.«

»Na na«, sagte der Arzt, »so einfach hört sich das aber nicht an.«

Er entschied, daß man abwarten müsse, eine nervöse Störung sei unverkennbar, vielleicht werde es sich anders anhören, wenn Trumpener sich in der herrlichen Luft hier ein wenig erholt hätte. Dann verschrieb ihm der Arzt ein leichtes Kreislauf- und ein Beruhigungsmittel.

Trumpener ging mit schleppenden Schritten davon. Er fühlte, daß er sehr schwer krank war. Künftig würde er ganz behutsam leben müssen, sozusagen ohne jede Anspannung. Er war sicher, daß er einen schweren Herzschaden hatte – nicht nur deshalb, weil der Arzt die Harmlosigkeit früherer Befunde angezweifelt hatte, sondern auch, weil Trumpener vorsorglich immer das Schlimmste annahm. Etwas noch Schlimmeres war dann fast ausgeschlossen, oder es stellte sich heraus, daß das Schlimmste harmloser war als befürchtet.

Unterwegs setzte sich Trumpener auf die erste Bank, die am Weg stand. Jede Anstrengung mußte er in Zukunft vermeiden. Da niemand in der Nähe war, legte er sich lang auf die Bank und schlief auch gleich ein. Einmal schreckte er auf: für einen Augenblick stand seine Tante Margret vor ihm.

Als Trumpener noch bei ihr wohnte, vor gut zehn Jahren, hatte er einmal an einem einzigen Tag fünfzig Zigaretten geraucht. Am Abend brach ihm der Schweiß aus, der Puls jagte; Trumpener stand mitten in der Nacht auf und setzte sich in den Korbsessel in der Wohnküche. Trumpener rechnete damit, daß er sterben müsse. Er zitterte und schwitzte und fröstelte, füllte eine Schüssel mit warmem Wasser und stellte die Füße hinein; etwas Besseres fiel ihm nicht ein.

Da saß er nun nachts nach zwölf in der Küche mit den Füßen im Wasser. Seine Tante schlurfte herein und fragte, was das heißen solle, ob er erkältet sei.

Nein, antwortete Trumpener, er habe zu viel geraucht, und jetzt sei ihm übel. Die Tante solle möglichst wenig reden, das rege ihn viel zu sehr auf.

Tante Margret aber lief in der Küche hin und her und schimpfte. Weshalb Trumpener überhaupt rauche, er sehe schon aus wie die Henne unter dem Schwanz, und wenn er so weitermache, werde er dort landen, wo auch ihre Schwester gelandet sei, nämlich in einer Anstalt. Sie wolle ja nur das Beste für Trumpener, sie meine es gut mit ihm, sie sei die einzige, die es so gut meine. Warum höre er nicht auf sie? Warum sei er nicht dankbar dafür, daß ihm jemand die Wahrheit sage?

Trumpener, mit den Füßen im Wasser, ging es langsam

besser. Vermutlich war es ohnmächtige Wut, die ihn aufleben ließ. Weshalb saß er hier und hörte seiner Tante zu? Warum glaubte er, nicht ohne sie leben zu können? Warum bildete er sich ein, daß sie es tatsächlich gut mit ihm meinte?

Trumpener schüttelte den Kopf, als er von der Bank aufstand. Seine Vergangenheit verfolgte ihn bis in den Teutoburger Wald. Vielleicht, dachte er auf dem Rückweg in die Pension, hätte ich damals viel früher aus Tante Margrets Wohnung ausziehen sollen.

Abends versuchte er, in seinem Zimmer einen Brief an Claudia zu schreiben. Liebe Claudia. Über die Anrede kam er nicht hinaus. Trumpener nahm sein Schreibzeug und setzte sich ins Foyer. Ab und zu ging jemand vorbei, der in sein Zimmer wollte oder aus seinem Zimmer kam. Liebe Claudia. Verdammt noch mal. Trumpener beschloß, für heute das Schreiben notfalls sein zu lassen, wenn ihm nichts einfiel. Er lehnte sich zurück und starrte erleichtert vor sich hin. Er mußte ja diesen Brief nicht schreiben.

TRUMPENERS FRAU saß um diese Zeit am Wohnzimmertisch im Elternhaus und löste ein Kreuzworträtsel. Ihre Mutter studierte das Fernsehprogramm; der Vater, er war fast achtundsechzig, blätterte in der Zeitung. Hildegard merkte, daß er jede Seite nur anlas. Er blätterte bald weiter, las ein bißchen, blätterte zurück, las, blätterte. Ab und zu trank er einen Schluck Tee ohne Milch; einmal holte er sich ein halbes Glas Schnaps. Dazu rauchte er eine Zigarette, die er nach wenigen Zügen ausdrückte. Er hatte es am Herzen und an den Bronchien. Während er las und blätterte, stöhnte er ab und zu leise. Es schien ihm Erleichterung zu verschaffen, obwohl er nicht vor Schmerz stöhnte. Er bekam stöhnend einfach besser Luft. Das Stöhnen das seinen Atem begleitete, war zu einer Gewohnheit geworden; er selbst merkte es nicht mehr. Hildegards Mutter beklagte sich öfters darüber, daß sie sich auf nichts mehr konzentrieren könne, weil der Vater ununterbrochen stöhnte und blätterte und stöhnte.

»Ohne Kinder«, sagte die Mutter plötzlich, »ist es in einer Familie langweilig. Die Eltern wissen dann nicht, warum sie überhaupt noch beisammen sind.«

Der Vater schien nichts zu hören, vielleicht nicht einmal aus Bosheit oder weil er etwas gegen Frau oder Tochter hatte. Hildegard nickte. Wie immer beim Anblick alter Leute dachte sie, wie traurig doch alles endet. Fast alle werden krank, ehe sie sterben.

Dabei fiel ihr Trumpener ein. Sie versuchte, sich einen Mann vorzustellen, mit dem sie vielleicht doch zusammenleben könnte, aber ihr fiel keiner ein. Alle Männer waren entweder zu laut oder zu gewichtig oder zu unverständlich und unberechenbar. Hildegard war fast sicher, daß sie nie wieder heiraten würde. Die Stunde im BMW auf dem Parkplatz im Wald hatte sie fast vergessen.

PÜNKTLICH MORGENS um acht Uhr stand Trumpener auf. Er ließ sich dabei Zeit. Er wußte jetzt, wie krank er war; von jetzt an wollte er ganz behutsam leben. Niemals wäre er unter diesen Umständen in der Lage gewesen, Wingenbach endlich die Meinung zu sagen oder Hildegard zu fragen, was sie nun wirklich an ihm, Trumpener, so unerträglich gefunden habe; niemals hätte er jetzt die Leitung einer Computerfirma oder eines Betriebsberatungsbüros übernehmen können.

Nach dem Frühstück ging er hinüber zum Badehaus und vereinbarte für die nächsten Tage Solebäder. Vielleicht konnte er so den Herzinfarkt hinauszögern, auf den er insgeheim gefaßt war.

Dann spazierte Trumpener durch Laer. In einem Textilgeschäft kaufte er einen Waschlappen; er entschied sich für blauweiß. Aufmerksam nahm er das Kleingeld entgegen, das ihm zurückgegeben wurde, steckte das Portemonnaie in die hintere Hosentasche und knöpfte sie langsam zu.

Später blieb er vor einer Bahnschranke stehen und beobachtete, wie ein Zug vorüberfuhr. Er überquerte die Straße. Ohne daß Trumpener es merkte, bangte er um den Zug, der sich auf fremdem Grund bewegte.

Auf dem Weg aus dem Ort hinaus schob eine Bäuerin ihr Fahrrad, an dem ein prall gefülltes Netz hing, an Trumpener vorbei. Mit den Händen in den Hosentaschen und mit der Pfeife im Mund bog er in einen Feldweg ein und schlenderte zwischen mageren Wiesen und brockigen Äckern auf eine leicht ansteigende Höhe zu. Der Boden wurde weicher, feuchter, satter, das Gras üppiger. Es gab Ginster dazwischen, Butterblumen, mädchenhafte Birken. Auf halber Höhe legte sich Trumpener ins Gras. An seiner Pfeife saugte er nur dann, wenn sie auszugehen drohte. Bald merkte er, daß er sie nicht brauchte. Wenn er sich richtig wohlfühlen wollte, durfte er nicht rauchen.

Nach dem Mittagessen ging er dann ins Badehaus, die Badetücher über der Schulter. Er war der einzige Gast. In einem Raum mit kahlen Betonwänden füllte eine handfeste jüngere Frau eine Holzwanne mit Sole; Trumpener fragte, ob die Temperatur bedenklich für den Kreislauf sei. Dann saß er im Schaff, nicht ganz ohne Angst. Andererseits stellte er sich vor, wie ganz überraschend und wundersam die Sole bei ihm mehr bewirkte als üblich. Vielleicht war sie der geheime Schlüssel, der für ein vasomotorisches Gefäßsystem wichtig war. Die Pforten der Adern öffneten sich, schon nekrotisiertes Gewebe wurde durchblutet und zu einer fleischernen Frühlingslandschaft.

Beim Mittagsschlaf in seinem Zimmer lag Trumpener auf dem Rücken und atmete so, wie er es in einem Ratgeber für die Gesundheit gelesen hatte, nämlich durch die Nase. Er entspannte sich, erinnerte sich immer wieder daran, daß er die Luft durch die Nasenwurzeln ziehen mußte; sein Körper wurde zu einem ruhigen Ozean. Trumpener achtete darauf, daß nichts die Wasserfläche erregte; auch Frauen nicht. Er fühlte weiche Umarmungen, aber es ergab sich fast wie von selbst, daß sie sich nicht festkrallten, daß sie ihn in Ruhe ließen mit der Gier, ihn zu besitzen, und der Angst, ihn zu verlieren. Er dachte an Claudia und mit Rührung an Hildegard: zweifellos quälte sie sich selbst mehr, als er sie je hätte quälen können. Beide Frauen aber konnten ihn nicht einmal in seinen Gedanken überwältigen.

Später setzte sich Trumpener still auf einen Stuhl ans Fenster. Obwohl er nicht las und nicht schrieb, nicht umherging und nicht sinnierte, fühlte er keine Langeweile. Im Garten schwang sich ein Kind vorsichtig auf einer Schaukel hin und her; es dämmerte aber schon.

IN DEN FOLGENDEN TAGEN telefonierte Trumpener mit Salzburg und Essen: erst mit Claudia, dann mit Roswitha. Claudia schien überrascht, als er anrief. Aber freudig oder erwartungsvoll klang ihre Stimme nicht. Sie sei ein bißchen traurig, sagte Claudia, das Wetter sei schlecht, in der Firma wachse ihr die Arbeit über den Kopf, und von ihm, Trumpener, höre sie ja fast nichts.

Trumpener war einen Augenblick betroffen. Etwas Tröstendes fiel ihm nicht ein; deshalb sagte er nur, so besonders fühle er sich nun auch nicht.

Er sei aber in einer ganz anderen Lage als sie, antwortete Claudia. Er sei schließlich nicht allein, er habe seine Frau. Wenigstens einmal solle er sich in ihre, Claudias, Lage versetzen: sie sei jung, habe Wünsche, sie sei in den letzten Jahren erst so richtig wach und reif geworden und bejahe nun ihre Wünsche. Aber die Zeit verstreiche. Er solle sich das bitte vorstellen und nicht einfach darüber hinweggehen.

Daran denke er täglich, antwortete Trumpener verlegen, er nehme das alles nicht leicht. Auf jeden Fall sei er in Gedanken immer bei ihr. Das müsse sie wissen.

Er legte den Hörer verstimmt auf. Jetzt wußte er, warum er nicht gern angerufen hatte. Irgend etwas Erschreckendes war gesagt worden. Trumpener stand einem Anspruch, einer Erwartung gegenüber. Er merkte, daß seine Gefühle nicht mehr dieselben waren wie die, die er in der Nacht mit Claudia erlebt hatte.

Claudia dagegen war sicher, daß sie Trumpener liebte. Für einen Augenblick fragte sie sich, warum sie nicht froh dabei war, warum sich beim Gedanken an Trumpener auch andere Gefühle einstellten: stechende Bangigkeit, ein Zittern vor Verletzung. Flüchtig dachte sie, daß er Angst vor ihr hatte. Aber das war natürlich törichte Angst. Er hätte bei ihr alles tun können, was er wollte. Er könnte ihr überhaupt nicht wehtun. Er könnte segelfliegen, tauchen, programmieren, er könnte andere Mädchen niedlich finden, er könnte brummeln oder aggressiv sein – an ihrer Liebe würde das nichts ändern.

Trumpeners Gespräch mit Roswitha verlief harmonischer. Sie freute sich, als sie Trumpeners Stimme hörte; vielleicht war sie schon vorher guter Laune gewesen.

Ob er allein sei, fragte sie, vermutlich nicht, wohl eine Frau – oder?

Nein, antwortete Trumpener, er sei ganz allein im Teutoburger Wald. Er habe es mit dem Kreislauf, auch ein bißchen am Herzen. Er nehme Bäder und gehe spazieren.

Dann sei ja alles gut, sagte Roswitha. Hauptsache, er komme wieder auf die Beine und bald nach Hause. Dann müsse er aber öfters anrufen. Sie sei schon ganz traurig gewesen und habe gerade einen Whisky getrunken. Gleich wolle sie ein Bad nehmen. Das Wasser laufe schon in die Wanne.

Als Trumpener von Laer abfuhr, hatte er keine Schmerzen mehr in der Brust. Nur ein leises Ziehen erinnerte ihn daran, daß sein Herz immer noch schlug.

TRUMPENER war also wieder zu Hause in Essen-Stadtwald. Er war neugierig darauf gewesen, ob sich die Wohnung, ein Stück von ihm, in seiner Abwesenheit verändert hatte. Hildegards Blumen fehlten, das fiel ihm auf den ersten Blick auf; aber er selbst hatte die Blumen vor der Abreise in die Obhut von Frau Barufke, einer Nachbarin, gegeben. Auf den Wohnzimmertischen lag feiner Staub, und die Post, die Trumpener im Briefkasten gefunden hatte, ärgerte ihn. Er war wohl nur dazu da, damit er etwas bezahlen oder kaufen sollte, damit er ein Formular auszufüllen oder von der Veränderung einer Kennziffer, die stellvertretend für seine Person stand, Notiz zu nehmen hatte. Der Ärger aber war nicht sehr groß. Trumpener war ruhiger geworden.

Der Abend verging mit einem kleinen Imbiß, mit dem Auspacken des Koffers, mit Wäschewaschen. Trumpener tat alles ruhig, eins nach dem anderen, und das, was er tat, vernachlässigte er nicht wegen etwas anderem, das später getan werden mußte. Er drängte nichts vorwärts. Er merkte sogar, daß er sich an Dingen, die er in die Hand nahm, freuen konnte: an nasser geschleuderter Wäsche, weißglänzendem Prozellan, einem Kissen, das Hildegard gehäkelt hatte.

Als es zehn Uhr war, fiel ihm auf, daß es ihn nicht einmal in die Kneipe gedrängt hatte. Er hatte nichts getrunken. Er fragte sich, ob er an diesem Abend überhaupt eine Flasche Bier nötig habe. Wenn man entspannt lebte, schien man keine Entspannung zu brauchen.

Dann entschied er sich aber doch noch für eine einzige Flasche Bier.

Am Montagvormittag rief er seinen Hausarzt an, Dr. Kanitz, und ließ sich einen Termin für den Nachmittag geben.

Dr. Kanitz hatte seine Praxis renoviert: alles war ein bißchen hübsch und modern und hell und licht, und es lagen nicht nur »Das Wartezimmer«, das »Rheinische Ärzteblatt« und die »Katholische Jugendwacht« aus, sondern auch gewöhnliche Illustrierte, Autozeitschriften und »Der Spiegel«. Im Wartezimmer saßen nur wenige Patienten. Jeden betrachtete Trumpener mit der stummen Frage, was ihm wohl fehlen könnte. Ein älterer Mann sah aus, als warte er auf ein fürchterliches Urteil; die Frauen verbargen unter ihren Kleidern zweifellos geheimnisvollere Gebrechen. Wenn sie wieder auf der Straße waren, würden sie aussehen wie alle anderen.

»Und was fehlt Ihnen heute?« fragte Dr. Kanitz.

Trumpener versuchte gleichmütig zu brummeln, daß da irgend etwas mit dem Kreislauf gewesen sei, wahrscheinlich überhaupt nichts Wichtiges. Jedermann sei ja schon mal nervös. Zwischendurch aber habe er doch tatsächlich ein bißchen Angst bekommen, und nachsehen könne ja nicht schaden. So mal ganz auf den Kopf stellen – obwohl, wenn wirklich etwas vorliege, ihm nichts wirklich helfen könne.

»Nun wollen wir nicht gleich zu Anfang verzweifeln«, sagte Dr. Kanitz und lächelte. »Sehen wir mal nach.«

Als das Horchen, Klopfen, tief Atemholen, Tasten überstanden war, legte Dr. Kanitz sein Stethoskop beiseite.

»So«, sagte er, »jetzt alles andere: Urinprobe, EKG.«

Das EKG stimmte Trumpener trübsinnig. Er wurde auf einer kalten Plastikliege aufgebahrt, lag kümmerlich da in der Unterhose, mit Drähten und klebrigen Abtastern am Körper, von einer gleichgültigen älteren Sprechstundenhilfe umschwirrt, und wartete. Das alles war nur erträglich, wenn man danach gesund davongehen konnte. Ein Vetter fiel ihm ein, Bertram, der bis an sein Lebensende trank, Schwindelanfälle hatte, ab und zu umfiel, sich aber den Gang zum Arzt ersparte. Ändern könne man sowieso nichts; das war Bertrams Meinung. Er starb an Leberzirrhose, Ödemen, Herzschwäche. Aber er war alt geworden und ruhig gestorben.

Trumpener saß dann wieder eine Weile im Wartezimmer, bis er zu Dr. Kanitz gerufen wurde. Der Arzt schrieb noch in Trumpeners Karteikarte; als er aufblickte, sagte er: »Also Ihnen fehlt nichts.«

Beide, Arzt und Patient, blickten sich einen Augenblick an und lachten dann.

Trumpener sei ein bißchen gefäßlabil, erklärte Dr. Kanitz dann, aber das sei kein organischer Schaden. Das heiße nicht, daß er nicht ein wenig aufpassen müsse. Regelmäßig mit Vernunft und Vergnügen Sport treiben, nicht weiter zunehmen – die Bierchen! –, möglichst nicht rauchen, das wärs, was er als Arzt zu sagen habe.

Trumpener lächelte verlegen. Er hatte Angst gehabt und genierte sich jetzt, war dankbar wie ein Kind, dem man verziehen hat. Auch dafür genierte er sich, aber er fühlte, daß Dr. Kanitz seine Situation begriffen hatte.

Auf der Straße sog Trumpener die Luft tief ein, durch die Nase, versteht sich. Solche Augenblicke hätte er gern öfters erlebt.

Zu Hause, in seiner Wohnung, war es still und sonnig. Ja, es kam Trumpener so vor, als sei alles noch etwas sauberer und aufgeräumter als sonst. Auf dem Rauchtisch fand er einen Zettel: »Ich habe mir wieder ein paar Sachen geholt. Silke hat angerufen, Michael ist noch in der Klinik.«

Als Trumpener in Werden anrief, mußte Hildegard erst geholt werden. Sie schien außer Atem zu sein, kam gerade erst aus der Stadt, mußte gleich wieder irgendwohin und wußte nichts weiter über Michael, als daß er eben eine Entziehungskur machte. Es gehe ihm aber nicht gut. Nein, woher sollte sie denn mehr wissen. Sie hatte nur kurz mit Silke gesprochen.

AM DIENSTAG FRÜH kehrte Trumpener in die Firma zurück. Er fühlte sich wie jemand, der zwar von allen gesehen wurde, aber wie auf einem schmalen Felsenpfad in einigen hundert Metern Entfernung.

Unterwegs in sein Zimmer hörte er wieder Stimmen.

Da läuft er. Was für ein verschlossenes Gesicht er macht. Wahrscheinlich bildet er sich ein, er ist besser als wir alle. Aber innerlich zappelt er. Lassen wir ihn zappeln. Er selbst muß wissen, was er tut. Ich wäre ja nicht zurückgekommen. Er war nie so gut, wie Haberkorn immer gedacht hat.

In seinem Zimmer erwartete Trumpener die erste Überraschung. Auf dem Schreibtisch lag ein Stapel Fachzeitschriften, sonst nichts. Auch Frau Bader ließ sich nicht sehen. Trumpener wartete und blätterte in den Zeitschriften; dann rief er in der Buchhaltung, bei Etzel an und fragte, ob denn nichts in die EDV einzugeben sei. Etzel antwortete, er wolle Trumpener sowieso sprechen, gegen elf Uhr, ob er herüberkommen könne, wenn er schon mal da sei.

Trumpener legte den Hörer auf; dann sah er aus dem Fenster. Der Aschenboden des Hofplatzes, die grau und grün lackierten Ungeheuer aus Stahl, die Silos, Wiegeeinrichtungen, Schütten, am Horizont der Wald, darüber zarte kleine Wolken: alles war wie früher und zweifellos vorhanden. Nur Trumpener mußte sich anstrengen zu denken, es gibt mich noch.

Plötzlich öffnete Frau Bader die Tür und brachte Kaffee. Sie habe nur eilig ein Telex durchgeben müssen, sagte sie, sonst wäre sie gleich gekommen, um Trumpener zu begrüßen. Alles sei in bester Ordnung. Es werde zwar umorganisiert, aber das sei ja zu erwarten gewesen. Jetzt müsse Trumpener erst mal diesen schönen sahnigen Kaffee trinken.

Draußen, an der offenen Tür, ging mit verbissenem Gesicht Wingenbach vorbei. Vielleicht hatte er doch nicht damit gerechnet, daß Trumpener nach dem Urlaub wieder in die Firma kam.

In der Buchhaltung wurde Trumpener von Etzel und Beck, dem Organisationsleiter, erwartet.

»Na«, sagte Etzel, »haben Sie sich schon umgesehen?«

Trumpener antwortete, flüchtig, ja, es habe sich wohl nichts verändert.

Da täusche er sich aber, sagte Etzel. Sie seien mitten im Umorganisieren, denn alles sei ja ziemlich aufgebläht. Trumpeners EDV habe einen unverhältnismäßig hohen Anteil an den Unkosten gehabt. Man müsse sich jetzt endlich fragen, was denn die Fachabteilungen an Daten von der EDV wünschten, und nicht, was für Programme die EDV aufbauen möchte. So habe es Trumpener ja wohl bisher gehandhabt. Einer seiner teuersten Mitarbeiter zum Beispiel habe siebzig Prozent seiner Arbeitszeit an Programme verschwendet, die keiner wollte, zumindest nicht er, Etzel. Herr Beck vielleicht?

Beck schüttelte verächtlich den Kopf. Er sei nie gefragt worden, sagte er. Trumpener habe seine Programme immer mit Haberkorn abgesprochen.

»Also«, sagte Etzel, »machen wirs kurz. Die EDV ist noch in ihren alten Räumen, auch die Leute sind alle noch da. Wir werden aber langsam reduzieren, Stück für Stück. Vor allen Dingen denken wir daran, mit dem Hauptwerk ein Junktim zu bilden. Wir fragen uns auch, ob dann überhaupt noch eine EDV in diesem Mittelbetrieb, und das ist ja wohl einer, gebraucht wird. Zur Zeit kümmert sich Herr Beck darum. Wir denken, Sie beschäftigen sich zunächst mit etwas anderem. Wir wissen noch nicht, womit, aber wir finden schon was. Wenn Ihnen selber etwas einfällt, bitte, geben Sie uns Bescheid.«

AN JEDEM NEUEN TAG freute sich Trumpener jetzt mehr darauf, nach Hause zu kommen, obwohl er allein war, obwohl er abends nichts Besonderes vorhatte. Ja, vielleicht freute er sich gerade deshalb, weil er sich nichts Besonderes vorgenommen hatte. Er empfand etwas wie Heiterkeit, wenn er ruhig durch die Wohnung ging, am Küchentisch die erste Tasse Kaffee zu Hause trank und zum Fenster hinausschaute, auf die Wolken, die Schwalben, die Dächer, die Bäume, die alle vielleicht nur Trumpener zuliebe so verläßlich dastanden.

Dann rief eines Abends Claudia an. Zuerst wollte sie wissen, weshalb Trumpener schon wieder allein in der Wohnung sei.

Seine Frau sei mit den Eltern für einige Tage nach Alkmaar in Holland gefahren, antwortete Trumpener. Dort habe ein Onkel ein Haus und viel Platz, und Hildegards Mutter fahre nicht gern allein mit dem Vater, darum sei Hildegard mitgekommen.

Dann sei Trumpener übers Wochenende also allein, sagte Claudia.

Ganz allein, antwortete Trumpener.

Um so besser, sagte Claudia. Sie fliege nämlich am Sonnabend geschäftlich von München aus nach Hamburg und könnte, wenn er wolle, in Düsseldorf zwischenlanden. Ursula sei zwar schlecht beieinander, sie habe sogar Ohnmachtsanfälle gehabt, aber im Augenblick ginge es so. Claudia würde also fliegen. Die Maschine komme um fünfzehn Uhr zehn in Düsseldorf an, Lufthansa Flug 937.

»Kommst du?« fragte Claudia. »Ich freue mich so wahnsinnig darauf.«

Als Trumpener auflegte, wußte er nicht, ob er beunruhigt war oder erfreut sein sollte.

AM SAMSTAG war er zu früh auf dem Flughafen in Düsseldorf. Trumpener setzte sich an die Kaffeebar und bestellte Kaffee ohne Milch und ohne Zucker. Der Kellner sah aufmerksam zu, als zweifle er daran, daß Trumpener seinen Kaffee tatsächlich schwarz trinken werde. Trumpener belohnte den Kellner mit einer Mark Trinkgeld. Claudia schien Trumpener heute weniger bedrohlich. Schon vorher, in den vergangenen Tagen, mußte in seiner Vorstellung ihre fordernde Bedrohlichkeit kleiner geworden sein, sonst wäre er vielleicht nicht zum Flughafen gefahren. Claudia hatte sich einer großen Aufgabe verschrieben, so richtig aus freier Entscheidung und Überzeugung, nämlich der Fürsorge für ihre Freundin Ursula. Das machte Claudia ungefährlicher.

Gelassen sah sich Trumpener die Leute an, die um ihn herum saßen oder vor dem Zoll-Ausgang neben der Bar warteten. Ein junges Paar in Freizeitkleidung fiel ihm auf, er lang und preziös, sie lang und füllig; daneben standen ein molliges Mädchen mit Topfhut und eine ältere weißhaarige Frau, die rosa erblühend ihren Mann begrüßte, immer noch mädchenhaft hinter Brillengläsern und unter dünnem weißem Haar. Dann rief ein Mann über einige Entfernung einer Frau zu: »Me!« Wie kam er dazu, sie »Me« zu nennen? Was für geheime Verständigungen, welche geheime Sprache hatten die beiden? Dann schob sich eine Mittvierzigerin durch die automatische Tür, vielleicht eine Lehrerin; das Gesicht war holzschnittartig vergrämt, die Haut braun gebrannt. Ihr folgte ein schwarzhaariger Mann mit Kinnbart, vielleicht ein Kaufmann aus dem Mittleren Osten. Ein kleines blondes Mädchen, vielleicht seine Tochter, und eine Frau begrüßten ihn.

Für einen Augenblick bildete Trumpener sich ein, er könne in jedem Gesicht lesen und kenne die Geschichte, die darin geschrieben stand. Er stellte sich vor, daß jeder,

der hier wartete oder vorbeiging, in irgendeiner Situation, zu irgendeinem Zeitpunkt, ebenso liebevoll wie liebebedürftig war, und dieser Gedanke erfüllte ihn so, daß er Rührung verspürte: wirklich, fast alle könnte er irgendwann einmal gern gehabt haben, fast alle gefielen sie ihm.

Mit diesem Gefühl rutschte Trumpener von seinem Barhocker herab. Dann stellte er sich am Ausgang auf – ein Stück davon entfernt, etwas abseits.

Claudia hatte ihr Gepäck gleich nach Hamburg fliegen lassen. Nur mit einer Handtasche unter dem Arm kam sie rasch durch die automatische Tür; ihr Lächeln war immer noch das alte: begeistert, verletzlich, furchtsam. Auf dem Weg zum Flughafenrestaurant sprudelte es schon heraus: Sie habe solche Sehnsucht gehabt. Warum hatte Trumpener sie nur so lange warten lassen! Sie sei doch ein Mensch, der ganz in seinen Gefühlen aufgehen könne, ganz in Sehnsucht und Zärtlichkeit. Das brauche sie.

Im Restaurant, als sie an einem Tisch mit Blick auf das Flugfeld saßen, fuhr sie fort: Da sei es nun passiert, kein Wunder in ihrer Situation. Sie habe eine Bekanntschaft gemacht.

Trumpener zog die Augenbrauen hoch.

Nein, sagte Claudia, eigentlich sei es gar keine Bekanntschaft, eher eine Nichtbekanntschaft. Ein Grafiker. Ein Mann, der Plakate entwerfe und in Scheidung lebe. Nach fünf Jahren Ehe sei er wieder zu seiner Mutter gezogen. Das Groteske sei, er habe Angst vor ihr, Claudia. Er versuche, sie nicht zu oft zu sehen. Er erzähle auch nicht viel von sich und gehe nicht auf ihre Fragen und Gedanken ein. Kürzlich habe sie ihn zu sich eingeladen. Während sie mit Ursula, die sich wieder besser fühle, in ein schönes, lebhaftes und offenes Gespräch vertieft gewesen sei, habe er fast stumm dabeigesessen.

Wahrscheinlich ein Schrumpfkopf, brummte Trumpener.

Nein, sagte Claudia, das sei nun ungerecht, obwohl sie

sich natürlich fragen müsse, ob sie nicht überhöhte Ansprüche stelle. Wenn es sich so verhalte, liege es aber nur daran, daß sie Trumpener kenne. Niemand bedeute ihr so viel wie Trumpener.

Trumpener starrte angestrengt in sein Glas Bier, grübelte eine Zeitlang und setzte ein paarmal zum Reden an.

Endlich sagte er: Ihm komme Claudias neue Bekanntschaft so übel nicht vor. In mancher Hinsicht finde er diesen Mann sogar sympathisch. Wenn er aber tatsächlich so nichtssagend sei, weshalb habe sie ihm nicht längst einen Abschiedsbrief geschrieben? Und sei sie nicht vor einer Woche etwa am Telefon von fast strahlender Heiterkeit gewesen? Da hätte sie sich doch gerade verliebt – oder?

Claudia nickte.

Dann sei er etwas ratlos, sagte Trumpener. Manchmal finde sie jemanden großartig, dann wieder nicht. Erst verliebe sie sich in jemanden, dann verachte sie ihn. Ihm, Trumpener, sei das unheimlich.

Trumpener schwieg und blickte vor sich hin. Ein wohltuendes Gefühl von Makellosigkeit durchrann ihn. Was immer ihm fehlte, in einer solchen Verwirrung waren seine Gefühle nicht.

Als er aufsah, weinte Claudia.

Sie wisse schon, irgendwas stimme nicht mit ihr, sagte sie.

Vielleicht habe sie nur einen Hang zur Idealisierung, sagte Trumpener großmütig. Sie müsse realistischer werden, ungefähr so wie er. Darüber müßten sie unbedingt einmal bei anderer Gelegenheit in aller Ruhe reden. Er werde sich melden, und zwar bald, denn er müsse für Hansa McBrinn wieder nach Süden. Er werde es so einrichten, daß sie dann mehr Zeit hätten als hier auf dem Flugplatz. Am besten einen ganzen Tag.

Claudia nickte tapfer.

AN SEINEM SCHREIBTISCH bei Hansa McBrinn ertappte sich Trumpener nun öfters in einer Stimmung, die früher undenkbar gewesen wäre: er langweilte sich. Einmal rief er Etzel an und fragte, ob es denn nichts für ihn, Trumpener, zu tun gebe, zum Beispiel für die Finanzbuchhaltung irgend etwas sozusagen im Vorfeld der EDV. Er wolle sich ja nicht aufdrängen, aber er habe zufällig Zeit. Berg habe seinen Leuten so viele Umstellungsarbeiten gegeben, daß er sich da nicht mehr einmischen wolle.

Kurz nach diesem Anruf klopfte Frau Bader und stellte mehrere Aktenordner auf Trumpeners Schreibtisch – mit einem Gruß von Herrn Etzel. Trumpener solle das Ganze mal durcharbeiten.

In den Ordnern waren Mietverträge über Anlagen und Maschinen abgeheftet, um die sich jahrelang niemand gekümmert hatte. Manche Verträge hatten sich dadurch erledigt, daß die Maschinen längst zurückgekommen waren. Trumpener saß nun über einer Geduldsarbeit, aber es war ihm ganz recht.

Regelmäßig morgens um halb neun rief Frau Bader an. »Das Kaffeewasser ist heiß«, sagte sie. »Wollen Sie herüber kommen und sich eine Tasse holen?«

Diese feinen Unterschiede im Leben der Angestellten: Frau Bader kochte noch Kaffee, aber er wurde Trumpener nicht mehr gebracht. Andererseits hätte sie ihn ja nicht anrufen müssen. Es war ihre Art von Solidarität, die sie trotz allem und immer noch mit Trumpener übte.

Wingenbach ließ sich lange nicht sehen. Er tat so, als habe er Trumpener schon vergessen, oder er richtete es so ein, daß seine Wünsche wohlverpackt über Etzel bei Trumpener ankamen.

Einmal schien Wingenbach in Schwierigkeiten zu sein. Trumpener schloß es aus verstohlenen Rückfragen von Frau Bader: Wingenbach suchte nach den Kalkulationen für eine Anlage, die schon vor Jahren gebaut worden war.

Schließlich bestätigte Klamp, daß eine Anfrage vom Vorstand vorlag und der Häuptling fast verrückt sei, weil er die Kalkulationen nicht finden konnte. Wingenbach mußte beweisen, daß er nicht zuviel an Schadenersatz für die Minderleistung der Anlage bezahlt hatte.

Also trat er eines Morgens doch bei Trumpener ein. Er tat so, als sei er eher zufällig vorbeigekommen; seine Stimme klang bemüht gleichgültig.

Ob sich Trumpener an die Anlage bei Voss in Kempten erinnern könne? Ja, Jahre her, und er, Wingenbach, wolle nur mal fragen. Er brauche die Kalkulationen. Ob Trumpener wisse, wo sie zu finden seien?

Selbstverständlich, antwortete Trumpener und griff in ein Schreibtischfach. Hier waren sie. Wenn es darauf ankam, war Trumpener immer noch der Zuverlässigste. Das sollte Wingenbach denken.

Ah ja, sagte Wingenbach. Er bedankte sich nicht. Mit dem Bündel unter dem Arm ging er davon.

Sein Blick war waidwund gewesen. Trumpener konnte man nicht so ohne weiteres hinauswerfen, schlimmer noch, man war immer noch auf ihn angewiesen. Das war unverzeihlich.

Plötzlich fiel es Trumpener schwer, Wingenbach weiter zu hassen. Natürlich hatte Wingenbach recht, wenn er darüber nachdachte, wo er sparen, die Kosten senken könnte. Vielleicht aber war er auch ein bißchen wahnsinnig: nicht alles, was denkbar ist, läßt sich in die Tat umsetzen. Eines Tages würde Wingenbach ohne qualifizierte Kräfte dastehen, weil ihm die Besten weggelaufen waren.

Trumpener überfiel Langeweile. Warum und wie lange sollte er hier noch herumsitzen? Er stand hinter seinem Schreibtisch auf und ging hinüber in Wingenbachs Büro.

»Ich wollte mir ein paar Tage freinehmen«, sagte er.

»So«, sagte Wingenbach. »Wieder mal Urlaub?«

»Nein«, antwortete Trumpener, »ich will mich nach einer neuen Stelle umsehen.«

»Wissen Sie schon, wann ungefähr Sie hier aufhören wollen?« fragte Wingenbach. »Kann man sich vielleicht gleich auf einen Termin einigen – mit einer gewissen Pauschalsumme?«

»Von mir aus«, sagte Trumpener.

»Zwölftausend etwa?« fragte Wingenbach. »Wäre das eine Basis?«

»Schon möglich«, antwortete Trumpener.

Wingenbach gab sich einen Ruck und grinste freundlich, weil ihm die zwölftausend Mark doch weh taten.

»Ich nehme zur Kenntnis, daß Sie kündigen«, sagte er, »zum dreißigsten dieses Monats – nicht wahr?«

Nachmittags brachte Frau Bader plötzlich Kaffee, ohne daß Trumpener danach gefragt hatte.

»Jetzt gehen Sie also auch«, sagte sie. »Es hat sich herumgesprochen. Immer gehen die netten Leute zuerst.«

Trumpener widersprach nicht.

»Wissen Sie«, fuhr Frau Bader fort, »mit Ihnen konnte man wenigstens reden. Und Sie interessieren sich auch für alles. Wo findet man das schon, daß jemand ganz einfach nett ist? So gerade und schlicht.«

Trumpener brummte scheu lächelnd, daß Frau Bader ihn ja auch immer freundlich behandelt habe.

Seine Brust weitete sich, eine Stimme in ihm sagte: Du mußt noch viel schlichter werden. Viel schlichter. So schlicht, daß du alle anderen darin übertriffst.

ZU HAUSE arbeitete er mehrere Stunden an seinem Auto. Nach einer Anleitung schliff er Roststellen ab und wunderte sich, wie lange es dauerte, bis das blanke Metall zum Vorschein kam. Dann grundierte er und spachtelte die Löcher zu. Er hatte ein altes Zelttuch auf den Boden gelegt, wälzte sich in einem grauen Arbeitskittel unter und neben dem Auto hin und her, schwitzte und verschmierte sich; wenn das Metall aufblitzte, freute er sich. Als es dämmerig wurde, war das Wichtigste getan. Das Auto hatte lauter rote Flecken; Trumpener fühlte, das war ein schöner Abend. Er hatte etwas geleistet, was er sonst für viel Geld in der Werkstatt machen ließ. Fast war er stolz auf sich. Er begriff, daß er früher immer einen Berg von Dingen vor sich hergeschoben hatte: was er fürchten müßte, in welchen Situationen er sich nicht würde helfen können, unter welchen Bedingungen große Sorgen über ihn hereinbrechen könnten. Jetzt hatte er das Gefühl, daß er doch nicht wehrlos war.

In der Küche warf er ein großes Stück Fleischwurst in siedendes Wasser und schnitt einen Kanten Brot ab. Immer noch lebte er sparsam. Eines Tages, damit mußte er rechnen, konnten Hildegards Eltern das Geld zurückfordern, das sie ihnen vor der Hochzeit für die Wohnung geliehen hatten.

Dann schellte das Telefon. Anni, die zweite Frau seines Vaters, rief an. Sie wollte nur schnell sagen, daß der Vater wieder krank war. Wochenlang habe ihn Doktor Vogel gegen Bronchitis behandelt, und nun stelle sich heraus, daß der Vater vor kurzem einen stummen Infarkt hatte. Daher auch die Atembeschwerden, also nicht primär Bronchitis. Gefährlich sei es aber nicht mehr. Sie, Anni, könne Schorsch nicht direkt raten, zu kommen, aber sie wolle sich auch keine Vorwürfe machen müssen, wenn es wieder schlimmer würde. Darum habe sie angerufen.

Trumpener beschloß, nach Schongau zu fahren, sobald er seine Tage bei Hansa McBrinn abgesessen hatte.

Das letzte Mal war er vor gut einem halben Jahr, ein Abstecher während einer Geschäftsreise, in Schongau bei seinem Vater gewesen. Anni hatte Trumpener gleich ins Schlafzimmer geführt. Dort lag der Vater, hatte schon damals Schmerzen in der Brust und spuckte Schleim in ein großes Taschentuch, das er alle Augenblicke benutzen mußte.

Wenn Trumpener an diesen Besuch dachte, sah er den Vater wie in einem Kinderbett liegen. Der ziemlich kleine Kopf war von vielen Kissen gestützt: ein Gesicht in Weiß, das spuckte und schnaufte. Trumpener erzählte, weshalb er unterwegs war und wo er noch hinfahren mußte, wie er mit seinem Auto zufrieden war und wie es Hildegard ging. Der Vater hörte zu wie einer, der nur aus Höflichkeit gefragt hatte. Erst beim Stichwort Hildegard lebte er auf. Darüber wollte er mehr wissen: Geht sie gern arbeiten? Kann man auf dem Baldeneysee segeln oder wenigstens rudern, und fährt Schorsch sonntags schon mal mit Hildegard hin? Das muß er doch tun. Die Hildegard ist in Ordnung. Die muß man nur richtig zu nehmen wissen. Wann kann man sie wieder in Schongau sehen?

Trumpener blickte, während er zuhörte, auf den alten Mann hinunter. Auf seine spröde Art fragte der Vater nach einer Frau, an die er vielleicht gerne dachte. Trumpener schämte sich, daß er Hildegard den Tag über nicht angerufen hatte.

Dann sagte Anni, jetzt müsse Schorsch aber etwas essen. Sie habe alles warm gehalten.

In Minutenschnelle hatte Anni in der Küche Bratkartoffeln mit Zwiebeln und Rindfleisch auf den Tisch gestellt: eine Frau, die aus Jahrhunderten gelernt hatte, daß man Männern, Kindern, Alten und Gästen etwas zu essen gibt, und die sich diese Sorge von niemandem würde nehmen lassen; eine Frau, die auch still abends in der Stube sitzen konnte, ohne Angst zu bekommen.

Anni war in Viechtach aufgewachsen, wo die Eltern einen kleinen Bauernhof hatten. Das Land war verkauft worden; im Haus wohnte die Schwester mit ihrer Familie, der Mann war Bahnbeamter. Einmal im Jahr besuchte Anni ihre Schwester und das Grab der Eltern. Öfters konnte sie nicht fahren, weil sie sich um Trumpeners Vater kümmern mußte.

»Der Mann braucht seine Pflege«, sagte sie.

Sie hatte sich nie gefragt, warum sie Krankenschwester geworden war, warum sie einen kränklichen Mann geheiratet hatte, warum sie dauernd für andere sorgte. Die Schwierigkeiten, die Trumpeners Leben erfüllten, kannte sie nicht. Man arbeitete. Manche Leute waren so, andere so; dem war irgendwas nicht recht, der vertrug sich nicht mit dem. Ärger gab es immer. Man lebte trotzdem zusammen und hielt zueinander. Die Leute waren gesund oder krank, irgendwann starben sie, das war selbstverständlich. Es stand den Menschen nicht zu, etwas daran auszusetzen.

Anni war Anfang fünfzig, hatte graue Strähnen im glatten, dunklen Haar: ein Bauerngesicht. Trumpeners Vater hatte sie vor zehn Jahren kennengelernt, als er zur Kur in Bad Wörishofen war. Anni war dort Krankenschwester. Eines Abends wollte er ausgehen, und sie hatte ihn spaßhaft gewarnt, er möge gut auf sich aufpassen. »Kommen Sie doch mit«, hatte der Vater gesagt, »vielleicht ist es besser, wenn Sie auf mich aufpassen.«

Sein Vater als Mann, als Liebhaber: das Bild hatte Trumpener immer erheitert, wenn er daran gedacht hatte. Er konnte es sich kaum vorstellen. Und nun lag der Vater da in seinem Bett und war seiner Kraft und seiner Hoffnungen beraubt.

Als Trumpener ins Schlafzimmer ging, um sich zu verabschieden, sah ihm der Vater wie gewohnt nicht lange in die Augen. Das hatte er nie gekonnt. Trumpener dagegen blickte seinen Vater beharrlich und fragend an. Das Wegblicken und das Anblicken, beides hatte etwas miteinander zu tun. Vielleicht war im Anblicken etwas, was den anderen wegblicken ließ.

Trumpener ging bis zur Schlafzimmertür und winkte. Der Vater sah für einen Augenblick auf; dann nickte er kaum merklich. Trumpener kehrte noch einmal um. Mit einer plötzlichen Bewegung drückte er die Stirn gegen den Kopf seines Vaters.

Der Abschied von Anni war gleichmütig und zutraulich zugleich. Sie und ihresgleichen verabschiedeten sich nicht mit guten Wünschen, nicht mit besonderen Gefühlsäußerungen oder gar mit jäh hervorbrechender verwandtschaftlicher Zuneigung. Das wäre nur zudringlich gewesen.

Nachdenklich war Trumpener damals von der Höhe am Stadtrand zum Marktplatz in Schongau zurückgefahren. Die Straße war fast leer. Ab und zu wälzte sich ihm schnaubend ein Omnibus entgegen, ein erleuchtetes Ereignis, das vorüberrauschte, sonst nichts. In Schongau parkte Trumpener auf dem Marktplatz. Dann ging er noch eine Runde spazieren. Er trug warme gefütterte Fellschuhe, in denen er sich trotz Schnee und Nässe und kaltem Wind unverwundbar fühlte. Vor einem schwach erleuchteten Schaufenster blieb er stehen. Es war voll von Wachskerzen: Kerzen in Form von Rosen und Herzen, Maria, Joseph, die Könige aus dem Morgenland als Kerze. Es erinnerte Trumpener an die Traurigkeit aller vergangenen Abende bei Kerzenlicht.

IM VERSAND besorgte sich Trumpener einen Karton und Plastiktüten, räumte seinen Schreibtisch und packte seine privaten Habseligkeiten ein. Dann ging er durch die Firma, schüttelte Hände, trank stehend da und dort eine Tasse Kaffee und wartete wieder in seinem Zimmer auf den letzten Feierabend bei Hansa McBrinn. Kurz vor halb fünf standen plötzlich alle Kollegen vor der Tür. Wingenbach brachte eine Flasche Schnaps und Gläser, Frau Bader einen großen bunten Blumenstrauß. Alle lachten, und Etzel tauchte mit seiner Kamera auf und schoß ein Abschiedsbild.

Klamp blickte, während sie sich zutranken, Trumpener aufmerksam, aufmunternd, fast herausfordernd an, als wolle er sagen: Der Häuptling wird schon sehen. Und wenn er noch so viel Schnaps ausgibt, jetzt, auf einmal – du machst es richtig, du hast es immer richtig gemacht. Gut, daß du es ihm zeigst. Warte mal ab, was der noch erleben wird.

Später bei Wingenbach würde Klamp ganz anders reden. So bedeutsam seine Blicke waren, er hatte Trumpener längst verraten.

Trotzdem war Trumpener ein wenig gerührt. Die Blumen, das Foto zur Erinnerung, der ganze Abschied: immer wieder kamen Augenblicke, in denen man Menschen verließ, in einen Krankenwagen geladen wurde, leise redend nach einer Beerdigung vom Friedhof ging, am Straßenrand stand, wenn jemand, von einem Auto angefahren, plötzlich regungslos dalag. Alle diese Augenblicke kamen wirklich und wahrhaftig und waren immer wieder da.

Fast zärtlich legte Trumpener seine Habseligkeiten auf den Rücksitz des Autos und steuerte bedächtig nach Hause. An den Ampeln fuhr er mit halbem Gas an und fragte sich, weshalb eigentlich ein Auto in zehn Sekunden auf hundert Kilometer beschleunigen mußte; an Benzin fehlt es sowieso immer mehr. Gleichzeitig registrierte er mit Befriedigung, daß der Kraftstoffanzeiger langsamer zu wandern schien. Es war dieselbe Befriedigung, die er fühlte, wenn der Kontoauszug am Monatsende zeigte, daß noch Geld übriggeblieben war.

Weshalb Trumpener so schnell gekündigt hatte, wußte er nicht genau. Er dachte: Immer hast du dir vorgestellt, alles geht irgendwie weiter, oder man hört irgendwo auf und fängt etwas Neues an, was besser ist. Jetzt sieht es so aus, als gäbe es Augenblicke im Leben, in denen einfach etwas zu Ende geht, und nichts kommt nach.

Einen solchen Augenblick erlebte er jetzt. Niemand aber war da, mit dem er darüber sprechen konnte. Die Wohnung war leer.

Im Schlafzimmer hängte Trumpener seine Kleidung sorgfältig auf, zog dann seine alte Cordhose und ein offenes Hemd, dazu die Allgäuer Strickjacke an und schlüpfte in seine Lederlatschen. Er war arbeitslos. Es war nicht abzusehen, was er in Zukunft tun sollte. Die Stellenanzeigen in den Zeitungen waren nicht für ihn geschrieben; das wußte er nicht erst seit seiner Bewerbung beim Bautenschutz Bochum.

Als er es allein in der Wohnung nicht mehr aushielt, ging er hinunter auf die Straße und spazierte ein paarmal vor dem Haus auf und ab. Halb auf dem Bürgersteig stand Auto hinter Auto und wartete auf den nächsten Morgen. Niemand außer Trumpener ging hier auf und ab. Alle anderen schienen zu Hause oder sonstwo beschäftigt, hatten ein Loch gefunden, in das sie hineingeschlüpft waren. Trumpener verbot sich, sie zu beneiden. Er würde nie zu ihnen gehören. Er war der Mann in Lederlatschen, in der Allgäuer Strickjacke, der auf und ab ging und wußte, daß er es den anderen nicht nachmachen konnte.

Als er endlich im Bett lag, träumte er, wie Trumpener mit ernstem Blick Hildegard ein Buch überreicht, ein Buch über die Pflege der Fingernägel. Trumpener sticht mit dem Zeigefinger darauf zu und weist immer wieder darauf hin, wie wichtig dieses Buch ist. Dabei läßt er Hildegards Blick nicht los.

Ein Hustenanfall weckte ihn. Es kratzte im Hals vom vielen Rauchen; eben, beim Husten, hatte es sogar gestochen. Trumpener verschränkte die Hände hinter dem Kopf. Er sah wieder Hildegards furchtsamen Blick, seinen gebieterischen Zeigefinger und fragte sich, ob der Husten etwas Schlimmes bedeute.

Als er gerade wieder dabei war, einzuschlafen, gab es einen Ruck in ihm. Trumpener setzte sich auf: er ist ein Mann, der demnächst geschieden wird. Daran hatte er noch nicht gedacht.

Wenn er früher von Scheidungen gelesen oder gehört hatte, von Ehebruch, von Männern zwischen zwei Frauen, Frauen zwischen zwei Männern, wenn das Fernsehen herzbewegende Szenen zeigte, schluchzende Frauen, Menschen, die sich um Liebe anbettelten oder allein und verstört in einer Ecke ihrer einsamen Wohnung saßen, hilflose Alte, die von Pflegern vom Bett auf die Tragbahre gehoben wurden und von der Tragbahre in die Badewanne, hatte er nur einen Gedanken gehabt: Das alles darf dir nicht passieren. Nichts von alledem darf dir passieren. Du fängst es schlauer an.

Du wirst nicht alt. Du wirst dich nicht so fest an einen Menschen klammern, daß der Verlust dich verstören könnte. Du wirst durch Sport für dauernde Gesundheit sorgen. Du wirst nicht so ehrgeizig sein, daß du einmal abstürzen könntest. Du wirst weit darüber stehen, gutmütig, liebenswürdig, ausgeglichen. Du wirst in liebevoller Distanz zu allem leben, vielleicht sogar ein bißchen gläubig, geschmückt mit Segen von oben her.

Jetzt war alles anders. Er hatte etwas verloren. Es kostete viel Kraft, Schmerz zu vermeiden. Er mußte begreifen, daß er nicht besser war als die, die er verachtete: die Beschränkten, die in einem Fußballclub aufgingen oder Briefmarken sammelten, die das kostbare, einmalige Leben dazu benutzten, eine Diele zu streichen oder in Urlaub an den Bodensee zu fahren.

Trumpener war hellwach. Er stand auf, machte sich in der Küche Kaffee und setzte sich im Dunkeln an den Tisch. Das Flurlicht schien in die Küche herein.

IN DER SONNE, vor dem Haus, in dem Claudia Zenker wohnte, standen zwei Autos: der Audi fünfzig von Claudia und der Fiat von Ursula Giesling. Beide Frauen trugen Ursulas Habseligkeiten auf die Straße und luden die Autos damit voll. Claudia trug einen grauen Werkstattkittel, Ursula einen Küchenkittel. So schleppten sie mit zusammengekniffenen Lippen Kleider, Bücher, Bettwäsche, Geschirr, Decken, alles, womit sich Ursula bei Claudia eingenistet hatte, hinaus. Jedesmal, wenn sie sich im Flur begegneten, fiel Ursula ein neuer Vorwurf ein.

»Ich verstehe nicht, wie du das machen kannst. Ich brauche dich doch. Du schickst mich fort.«

»Dein Trumpener kommt sowieso nicht. Er ist verheiratet. Was hast du dir erwartet?«

»Es gibt niemanden, der mich so versteht wie du. Das mußt du doch einsehen.«

»Ich habe ein Recht auf dich. Du bist ein großer Teil meines Lebens geworden. Du mußt verstehen, wie ich dich brauche.«

Claudia sagte dazu nichts. Während sie trug und schleppte, nahm die Wut in ihr zu. Ursula hatte sie betrogen. Ursula hatte monatelang versichert, daß sie bald sterben werde und trotzdem keinerlei Schmerz empfinde, nur Wehmut, weil dieser schönen späten Begegnung mit Claudia nur so kurze Zeit beschieden war. Aber Ursula war nicht gestorben. Sie lebte auf. Von den gemeinsamen langen Spaziergängen hatte sie eine gesunde Gesichtsfarbe bekommen. Ursula würde noch lange nicht sterben, wahrscheinlich erst nach Jahrzehnten, wenn Claudia längst die Augen zugemacht hatte. Sie hatte Ursula selbstverständlich nur aus Mitleid aufgenommen. Das Mitleid hatte sie überschwemmt. Nichts wäre gewesen, wenn sie nicht getäuscht worden wäre, denn Ursula war von Natur aus unerträglich. Sie wollte alles mit Claudia gemeinsam tun, ihre Freunde in Besitz nehmen, am liebsten alle Fragen, die an Claudia gerichtet wurden, für sie beantworten, zusammen mit Claudia ausgehen und sich dann fühlen wie jemand mit doppelten Kräften, doppelter Größe und doppeltem Reichtum.

Eine Atempause. Sie blickt richtig drohend, dachte Claudia. Rasch sagte sie zu Ursula, sobald sie wieder getrennt wohnen würden, könnte ihre Freundschaft erst richtig aufblühen. Als freie Menschen könnten sie dann ganz ihrer Freundschaft leben.

Diese Aufleuchten in Ursulas Augen. Es gab schon wieder Hoffnung.

Ursula sagte: »Wenn ich nach Hause komme, dusche ich eben und ziehe mich um. Du auch, ja? Dann sind wir ganz frisch und machen einen schönen Bummel durch die Stadt. Und dann gehen wir Pizza essen. Das wird herrlich.«

Das alles hat Claudia Trumpener am Telefon erzählt. »Weißt du«, sagte sie, »ich ahnte das ja nicht, daß jemand so sein kann, weil ich selber ganz anders bin.«

MANCHE DINGE schrieb Trumpener wochenlang in seinem Taschenkalender von einem Tag auf den anderen; er schleppte eine Fülle an unerledigten Aufgaben mit sich herum. Immer unklarer wurde dann, was ihn wirklich noch interessierte.

Michael Oellers zum Beispiel wartete auf seinen Besuch. Trumpener schob ihn auf, bis eines Abends Silke Oellers anrief. Sie lebte jetzt in Dinslaken, hatte mit allem, was mit Michael und mit Michaels Leben zusammenhing, Schluß gemacht, hatte einen väterlichen Freund gefunden, der ihr ein kleines Geschäft für Babybekleidung in bester Lage eingerichtet hatte; nun stand sie hinter dem Ladentisch und verkaufte Rosa und Blau an junge Mütter.

»Michael ist im Birkenhof«, sagte sie, »dort kennt er einen Dr. Ipper vom Jagen her. Der Birkenhof hat auch eine Abteilung für Alkoholiker, sie behalten aber niemanden lange da. Es ist mehr zum Entgiften. Willst du Michael nicht doch einmal besuchen? Immerhin bist du ja fast so etwas wie sein Freund gewesen.«

Der Birkenhof lag unter Bäumen südlich von Essen. Hinter den kleingekastelten Fenstern ahnte Trumpener eiserne Betten; es roch nach neunzehntem Jahrhundert. Der Pförtner, der in einem Backsteinhäuschen saß, rief in Michaels Abteilung an und erfuhr, daß Oellers für einen Nachmittag Ausgang hatte. Die Zeit sei aber bald um, er werde sich sicher bald zurückmelden. Trumpener könne, wenn er wolle, in der Caféteria warten.

Dazu hatte Trumpener keine Lust. Er setzte sich auf dem Parkplatz in sein Auto; von da konnte er den Eingang der Klinik beobachten.

Michael hatte einmal gesagt: »Die Leute kommen zu mir, trinken meinen Whisky, essen meine Gulaschsuppe, fühlen sich wohl bei mir, werden von Silke verwöhnt – aber ich muß doch endlich einmal anfangen, mich zu fragen, was die Kerle eigentlich für mich tun.«

Während Trumpener noch grübelte, sah er im Rückspiegel eine Taxe heranfahren. In der Parkreihe hinter ihm hielt sie an. Der Fahrgast, ein Mann mit dunklem Vollbart, machte sich umständlich daran, sein Portemonnaie herauszuziehen und zu zahlen. Seine Bewegungen waren starr und unsicher; als er bezahlt hatte, stieg er aus und ging mit langsamen, kurzen Schritten auf das Pförtnerhäuschen zu. Trumpener stieg ebenfalls aus und rief ihn an.

»Ach, du bist es«, sagte Michael. Er sprach so langsam, wie er sich bewegt hatte.

Während das Taxi zurückrollte, standen sich Trumpener und Michael Oellers in der herbstlichen Nachmittagssonne gegenüber. Später muß Trumpener oft an diesen Augenblick zurückdenken: an das schwarzbärtige Gesicht von Michael, an den starren Ausdruck seiner Augen, ein Luderjan, der plötzlich mit wildem tödlichem Ernst blickte.

»Gehen wir hinein?« fragte Michael.

»Ich komme gern ein andermal wieder«, sagte Trumpener. »Vielleicht kannst du jetzt nicht so gut reden.«

»Wenn du gehen willst, geh«, antwortete Michael. »Ich kann aber reden.«

Trumpener nickte also und folgte seinem Freund durch das Tor der Klinik zur Caféteria. Dort begann Michael zu erzählen.

Die Ärzte soffen alle selbst, sagte er. Die meisten waren schon leberkrank. Manche mußten selbst in die Therapie. Er selbst hatte sich glänzend entwickelt. Er war zum Sprecher seiner Abteilung ernannt worden, und heute hatte er sogar ausgehen dürfen. Er hat sich so gut entwickelt, daß man ihn in zwei Wochen entlassen wird. Er wundert sich ja, aber die Ärzte sind zufrieden mit ihm. Eigentlich ist alles in Ordnung. Er ist nur wahnsinnig gegen Alkohol sensibilisiert worden. Die Enthaltsamkeit dauerte wohl noch nicht lange genug. Heute nachmittag zum Beispiel war er ausgegangen und hatte auf Drängen eines Geschäftsfreundes, der absolut nicht locker ließ, einen einzigen Schnaps getrunken. Und der ging wie ein glühender Riß durch den ganzen Körper. Es ging aber schon besser als vor einer Stunde. Wenn Schorsch noch etwas blieb, würden sie sogar ein Stück zusammen spazierengehen können.

Trumpener war betroffen. Michael habe früher immer behauptet, sagte er, ihm mache das bißchen Trinken nichts aus, er habe es unter Kontrolle. Da habe er sich wohl getäuscht. Er dürfe sich selbst nicht so sehr trauen.

»Das tue ich auch nicht mehr«, sagte Michael. »Ich traue mir überhaupt nicht. Ich bin von meinem Thron runter. Ich weiß, erst muß man einsehen, daß man krank ist und daß man es allein nicht schafft. Aber jetzt habe ich es so gut wie geschafft.«

Erst später, auf der Rückfahrt, fiel Trumpener ein, daß er etwas versäumt hatte. Er hatte Michael kein Stück Hoffnung hinterlassen. Er hätte sagen müssen, daß er bald wiederkommen werde und ob er für Michael etwas tun könne, irgend etwas, das bewies, daß er ihn nicht als Voyeur, sondern als Freund besucht hatte.

Von Silke, von Michaels Freunden war nur kurz, als gehe ihn das nichts mehr an, von Trumpeners Kündigung oder von Hildegard war überhaupt keine Rede gewesen. Trumpener sah wieder das starre, eingefallene Gesicht Michaels vor sich, dann eine halbvolle Whiskyflasche, die brandig leuchtende Flüssigkeit, klebrige Gläser, einen Aschenbecher, der von Kippen überquoll, das ganze Elend des Säufers. Plötzlich sagte er laut: Nun laß ihn doch. Laß ihn doch das lieben, was er lieben kann. Und wenn es Schnaps ist. Vielleicht gibt es irgend jemanden, der das versteht.

ENDE SEPTEMBER starb Trumpeners Vater. Die Beerdigung war an einem Donnerstag Vierzehnuhrdreißig; sehr früh am Morgen setzte sich Trumpener ins Auto. Er fuhr über die Sauerlandlinie und weiter über Frankfurt in Richtung Nürnberg. Vor einem guten Jahr, im Sommer, war er diese Strecke mit Hildegard gefahren bis nach Italien, in den Urlaub. Trumpener erinnerte sich an die Gedanken, die er während dieser Fahrt hatte: Eigentlich, dachte er damals, fühlt man sich immer etwas behindert. Hildegard hatte auf den ersten hundert Kilometern still neben ihm gesessen; dann fühlte sie sich dauernd schrecklich gestört. Die Sonne blendete, die Suppe in der Raststätte schmeckte fad, Trumpener rauchte zu viel, alles verqualmt, der Aschenbecher stank. Nachträglich klang Trumpener diese Unzufriedenheit wie wütende Empörung in den Ohren.

Von einem Rastplatz aus waren sie dann ein Stück spazierengegangen, beide stumm, ein erschöpftes Paar. Plötzlich fing Hildegard leise und vorsichtig zu summen an. Trumpener kannte den Text zur Melodie nicht, fragte sich aber, ob er daran schuld sei, daß Hildegard so leise, so vorsichtig sein mußte. Es schien ihm, als summe sie gegen die Traurigkeit, gegen die Stille, gegen die Wortlosigkeit an. Vielleicht war sie tatsächlich traurig, und er war daran schuld, daß sie so still geworden war und nichts mehr wagte.

Trumpener drehte unbehaglich den Kopf hin und her. Schon vor einem Jahr hätte er alles begreifen müssen. Seine fürsorglichen Fragen hatten immer kratzbürstiger geklungen; vor sich her rollte er eine Walze von Übelwollen, Gekränktheit und Mißtrauen. Nun war er übrig geblieben, allein und arbeitslos in einer Rauhfaserwohnung in Essen-Stadtwald.

Erst ein Seitenblick durchs Fenster konnte Trumpener etwas trösten. Sobald der Boden draußen sandiger wurde, sobald Trumpener Nadelwälder sah, fühlte er Heimat und sehnte sich danach, daß es noch heimatlicher werden möge. Dabei dachte er an Gastwirtschaften mit dicken Holztischen, an gesundes bayerisches Bier, an Lungen-bäuschel mit Mehlknödelbrocken darin. Schon früher, als er erst wenige Jahre von zu Hause fort in Essen gewesen war, hatte er beim Heimfahren, je näher er Schongau kam, ein wildes Heimweh gespürt. Am liebsten hätte er damals bei der Fahrt durch Franken mit tiefen schlürfen-den Zügen den Hopfengeruch eingeatmet oder den sandi-gen Erdboden mit seinem Gesicht berührt. Heute dachte Trumpener mit ein wenig Schauern an dieses Heimweh, das wie eine Sucht gewesen war, von der man weiß, daß sie nur in Todesstille enden kann.

Hinter München, in der Nähe des Ammersees, hielt Trumpener in einem kleinen Ort vor einem Café an und gönnte sich Hörnchen mit Kakao. Das Café war voll von jungen, sorgfältig gekleideten Männern, die alle einen Aktenkoffer neben sich stehen hatten: vielleicht eine Ver-treterkolonne, die gleich über das Städtchen herfallen würde. Während Trumpener seinen Kakao schlürfte, be-griff er plötzlich, was er sich schon immer gewünscht hatte. Er wünschte sich, an einem solchen Tag in einem Café zu sitzen und mit dem Leben ganz neu anzufangen, mit einem Leben, in dem er sich nicht fürchtete.

ER SASS LANGE in diesem Café. Später kam es ihm wie eine Pause in seinem Leben vor. Als er verspätet in Schongau ankam, hatte er keine Zeit mehr, zur Wohnung seines Vaters zu fahren. Er schlug gleich den Weg zum Friedhof ein. Alle standen schon am Grab.

Trumpener reihte sich hastig ein, auf den Fußspitzen gehend wie ein säumiger Schüler. Dann sprach der Pfarrer: »Wir sind alle blind, unser Leben lang. Gott allein sieht in unser Herz. Er allein weiß, was der Verstorbene für andere getan hat, im Gebet und in stillen Wünschen.« Schon die ersten Worte hatten Trumpener aufgeschreckt. Auftauchend aus seinem Alleinsein traf er plötzlich auf ein Menschenknäuel, über das sich eine Stimme schwang. Während der Weihrauchkessel pendelte, fiel Trumpener plötzlich ein, daß es jemanden gab, der den Vater ohne Widerstände gemocht hatte: Hildegard. Er, Trumpener, hatte sie ihres Anteils an dem Toten beraubt, er hatte ihr nichts gesagt.

Dann sprach der Pfarrer die Schlußworte, Erde und Blumen rieselten auf den Sarg; auch Trumpener warf Blumen auf seinen toten Vater. Als die Trauergäste seine Hand drückten und ihm in die Augen blickten, konnte er nicht verhindern, daß seine Lippen zuckten und sich in den Augenwinkeln Tränen sammelten.

Der Leichenschmaus wurde im Gasthof »Zur Sonne« gehalten. Anni hatte, sparsam wie sie war, außer Trumpener nur vier Leute geladen, alles Nachbarn. Der Vater hatte oft zu ihr gesagt: »Wenn ich einmal sterb, extra von auswärts läßt niemand herkommen.«

Trumpener setzte sich neben Anni. »Hildegard läßt grüßen«, sagte er gleichmütig. »Tut ihr natürlich leid, daß sie nicht mitkonnte, aber es sind so viele krank in ihrer Abteilung.«

»Ja, das ist so in so einem Betrieb«, sagte Anni sachverständig.

Vorsichtig fragte Trumpener dann, ob es ihr manchmal nicht doch zu viel geworden ist. Sein Vater habe ja auch seine Besonderheiten gehabt.

Anni antwortete nur auf den Teil der Frage, den sie verstand. Trumpeners Vater sei manchmal etwas schwer zu bewegen gewesen in den letzten Wochen, sagte sie, sie sei eben nicht so groß und stark. Aber sonst sei sie ans Pflegen ja gewöhnt. Wenn es gar nichts für sie zu tun gäbe, fühle sie sich auch nicht wohl.

Aber war der Vater nicht immer ein bißchen verkniffen, abweisend und eigensinnig gewesen? fragte Trumpener.

Das alles hatte Anni, die über zehn Jahre mit Trumpeners Vater verheiratet war, nicht feststellen können. Eigentlich war er immer lustig gewesen. Er sang gern, vor allem beim Rasieren. Die Leute mochten ihn. Wenn er am Sonntagmorgen in die Stadt gegangen und, einen Stumpen qualmend, um den Marktplatz am Ballenhaus vorbeispaziert war, kam er jedesmal ganz glücklich heim.

Darauf wußte Trumpener nichts zu antworten. Er war bereit zum Mitgefühl gewesen, er hatte Anni sagen wollen, er verstehe zu würdigen, daß sie diesen schwierigen, menschenfeindlichen, abweisenden Mann so lange ausgehalten hatte, und nun sollte der Vater ein vergnügter Mensch gewesen sein, den die Leute mochten.

Irgend etwas stimmte da nicht. Langsam dämmerte es Trumpener, daß es das Ekel von einem Mann wohl tatsächlich gegeben hatte, aber nur für das verschreckte Kind, das Trumpener gewesen war. Diesen Vater hatte Anni nie gekannt, und Trumpener war längst erwachsen. Er brauchte seinen Vater nicht mehr zu hassen. Das war ein ganz neuer Gedanke für Trumpener, der ungern auf seine gewohnten Gefühle verzichtete.

AN DIESEM TAG ging Trumpener früh zu Bett. Er übernachtete in der Wohnung seines Vaters. Hier war alles voll von
Erinnerungen. Geräusche klangen in ihm auf, die Trumpener früher nur undeutlich erreicht hatten: das Rascheln
der Zeitung, in der seine Mutter blätterte, das leisere
Rascheln der Seiten eines Romanheftchens, in dem der
Vater las. Er hatte sich auf seinen Lieblingsplatz, einen
Sessel in der Fensterecke des Wohnzimmers, zurückgezo-
gen. Trumpener sah die Nebelschwaden, die über die
schwarzgrünen Hecken im elterlichen Garten wogten,
hörte wieder das dumpfe Geräusch, mit dem die Kiefern
ihre Schneelast abwarfen, das tröstliche Klappern der
Holzschuhe, die seine Mutter getragen hatte, sah sich an
der Hand der Mutter zur Christmette gehen, und der
Atem dampfte.

Trumpener war ein braver und gehorsamer Schüler gewesen. Er hatte immer Angst, nicht brav genug, nicht tüchtig genug zu sein. Aber je braver und tüchtiger er sich
fühlte, desto mehr schien ihm etwas zu fehlen, eine Kraft,
über die alle anderen wie selbstverständlich verfügten.
Dauernd vermißte er etwas in seinem Leben. Er wußte
nicht, was es sein könnte, aber er meinte immer, kurz vor
der Entdeckung zu stehen.. Wenn er von der Schule nach
Hause oder in die Stadt zu Besorgungen ging, legte er
vorher fest, was für ein Gesicht er machen wollte: ein
trotziges, abweisendes, verbittertes Gesicht, das fiel ihm
am leichtesten. Da wurde er zum einsamen Cowboy vor
einem Lagerfeuer in der Prärie, zu einem Mann, der sich
um so stärker fühlte, je einsamer er war.

Diesen Trumpener hatte allerdings niemand gekannt. Immer war er der nette, freundliche Schüler, Lehrling, An-
gestellte gewesen, der Sport trieb und Autos reparieren
konnte: wirklich und wahrhaftig nur ein Angestellter in
der Industrie.

Er sah Hildegard vor sich: vielleicht war sie gar nicht so

still, so traurig gewesen, wie er immer gedacht hatte. Vielleicht war sie jetzt froh, daß sie dem alles kontrollierenden, alles bemeisternden Blick von Trumpener entronnen war. Sie hatte ja immer darauf zugelebt, endlich einmal etwas Unvorstellbares tun zu können. Vielleicht war sie am Nachmittag mit dem Auto auf einen Hügel gefahren, hatte sich ins Gras gesetzt und Schokolade geknabbert.

Claudia dagegen beunruhigte Trumpener immer noch. Er hörte ihre flüsternde Stimme, spürte ihren beharrlichen Blick. Was hast du gegen mich, sagte sie, was läßt dir keine Ruhe? Warum willst du mich nicht in Ruhe lassen? Laß mich in Ruhe und komm dann wieder.

Aber das war nicht die ganze Claudia. Es gab auch die, die er gefühlt, von der er Liebe empfangen hatte. Vielleicht würde er das nie mehr erleben. Aber er würde es nie vergessen und immer denken, daß es dies gab und gegeben hatte.

Noch auf der Rückfahrt dachte Trumpener manchmal daran, wie rasch er in Salzburg gewesen wäre, wenn er es gewollt hätte. Nichts hätte ihn gehindert. Oder doch? Vielleicht ein Schatten, gesichtslos, schweigend, nicht greifbar, der Schatten eines Verbots. Es war verboten, die Welt so zu sehen, wie Claudia sie sich wünschte.

AM ABEND DES NÄCHSTEN TAGES war Trumpener wieder in Essen. Im Briefkasten fand er einen Brief von Claudia; es war das erste Mal, daß sie ihm schrieb. Ganz vorsichtig ärgerte er sich, daß sie diesen Brief riskiert hatte; er hätte ja Hildegard in die Hände fallen können.

Trumpener hatte wenig Lust, den Brief zu öffnen. Er sah Claudia vor sich: manchmal konnte sie streng, ernst, despotisch, besessen, eindringlich blicken, dann wieder hatte sie das Gesicht einer heiteren, gutartigen und begeisterungsfähigen Frau, die alles ein wenig zu ernst nahm. Trumpener fürchtete, den Brief hatte die strenge Claudia geschrieben, eindringlich, sehnsuchtsvoll, auffordernd. Sie würde sagen: Du! Hör doch zu. Sieh doch her. Denk doch. Schließlich muß man. Es geht ja nicht, daß. Man kann ja nicht, sondern man muß.

Trumpener legte den Brief in den Wandschrank. Er wird ihn nicht lesen, solange er das Gefühl hat, jemand verlangt es von ihm.

Dann ging er in die Küche, öffnete eine Flasche Bier und überflog die Stellenanzeigen in der Zeitung, plötzlich besorgt, er könne es nicht aushalten, von niemandem gebraucht zu werden. Während er las, fiel ihm ein, daß er Hildegard anrufen und vom Begräbnis des Vaters berichten könnte. Aber was für einen Ton sollte er seiner Stimme geben? Brummig, demonstrativ das gute Herz verbergend? Fürsorglich brummend, tiefe Sorge anzeigend?

Wie schwer fiel es Trumpener doch, wie ein Mensch zu reden.

Vor dem Schlafengehen hatte er Angst. Er überlegte, ob er noch durch die Straßen bummeln und in einer Wirtschaft Bier trinken sollte, und zwar mehr als üblich, damit er sicher sein konnte, einzuschlafen. Dann hielt er es doch in der Wohnung aus. Seine Angst war nicht so groß, wie er gedacht hatte. Er trat ans Fenster. Er merkte plötzlich, daß er allein sein konnte.

In der Tagesschau, die er flüchtig zur Kenntnis genommen hatte, war ein Sturm angesagt worden. Der war nun da und brauste durch die Straßen mit mächtigem, an- und abschwellendem Rauschen. Durch die Fensterritzen drang es kalt herein. Trumpener spürte die Kühle der Fensterscheibe, an die er für einen Augenblick die Stirn lehnte.

Als das Telefon klingelte, erschrak er. Er überlegte kurz, ob er sich überhaupt melden sollte; dann hob er den Hörer ab.

Sie sei vorige Woche operiert worden, sagte Hildegard, eine kleine Operation am Unterarm, ein Nerv sei verrutscht, habe sich verklemmt, das Umfeld entzündet. Morgen müsse sie wieder zur Untersuchung. Sie sei krankgeschrieben, der Arm tue ihr weh. Es scheine eine Krankheit zu sein, die nicht jeder hat. Vielleicht müsse sie noch einmal operiert werden.

Trumpener war erschrocken. War es denn schlimm?

Nein, nein.

Trotzdem, er wolle auf jeden Fall mitfahren, sagte er. Auf jeden Fall. Er wird sie zu Hause abholen. Dann kann er auch vom Vater erzählen.

Trumpener will Hildegard nicht in die Klinik fahren, weil er sich als guter Mensch fühlen möchte. Er kann sich aber in dieser Lage Trumpener nirgendwo anders vorstellen als neben Hildegard. Er wird im Wartezimmer sitzen und sie nach der Untersuchung heimfahren.

Halb ausgezogen, im Unterhemd, in der Unterhose hockte Trumpener dann auf seinem Bett. Er kam sich leichter, kleiner, dünner vor als sonst. Er kann das alles nicht: ein großer Mann werden. Er ist nicht der mit Adlerflügeln herniederrauschende Held, dem sich die Arme Claudias entgegenstrecken, nicht der vorwärtsstürmende Trumpener, dem alle Welt entgegenblickt. Er ist der arbeitslose Trumpener mit abendlichen Bartstoppeln, er wird gleich schlafen, und selbstverständlich wäre alles besser anders.